「や、こんな…ところで…」

「誰も見てないさ。せっかく外にいるんだ。

うんと脚を広げて、淫らに呑み込んでみろよ。

きっといつもより気持ちよくなれるぞ」

「…ぁっ、んっ、…ぁ…っ」

シフォン文庫

エロティック・オーシャン

純潔を淫らに散らされて

あまおう紅

集英社

EROTIC OCEAN CONTENTS

イラスト／雷太郎

エロティックオーシャン
純潔を淫らに散らされて

プロローグ

「…いや、こんな…こんな、ところで…」

とまどい混じりのつぶやきは、情熱的に重ねられてきたくちびるに呑《の》み込まれた。

「…ん…っ、…」

幾度となく角度を変え、強く激しく押し当てられた後、当然のように押し入ってきた舌《した》が、離れていた半日という時間を取り戻すかのように、ティファニーの小さな舌をしっかりとからめとる。

初めのうち、様子を見るように側面を這《は》うだけだったそれは、ティファニーが拒《こば》まないと知ると、次第に大胆《だいたん》になっていった。

「ふ、…う、…ん…っ、…」

熱を帯びた無遠慮《ぶえんりょ》な舌は、執拗《しつよう》な動きをもってティファニーの官能《かんのう》をあおり立て、胸や腰の奥からぞわぞわと甘い疼《うず》きを引き出していく。その抗《あらが》いがたい感覚に打ち震える華奢《きゃしゃ》な身体《からだ》を、彼は痛いほど抱きしめてきた。

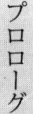

（ライオネル――…）

性急ではないものの有無《うむ》を言わせぬ仕草に、鼓動《こどう》が高まり、蕩《とろ》けてからみ合う感触以外のことが考えられなくなっていく。慣れないなりに、ティファニーは彼がしかけてくる濃厚な口づけに必死に応《こた》えた。

大きな身体は胴まわりもがっしりとしており、腕をまわして抱きつくのもひと苦労。ティファニーはいつも彼の服をにぎりしめる形になるのだが、いまはその手からも少しずつ力が抜けていく。

（こんな…ところで、だめなのに――）

夜の船上である。腰を押しつけている舷側《げんそく》の向こうには、暗い海が茫漠《ぼうばく》と広がるばかり。しかし反対側に目を転じれば、そこはいくつもの角灯《ランタン》に照らされたほの明るい甲板《かんぱん》であり、いつ何時《なんどき》人がやってくるかわからない。

（ライオネルは誰も来ないって言っていたけれど――）

くり返しこすり合わせたくちびるがじんじんしてきた頃になって、彼は一度身を離した。それを好機と声を上げる。

「部屋に帰して。ライオネル…」

か細い訴《うった》えに、低く太い声が挑発的に応じた。

「何言ってるんだ。まだまだこれからだ」

男らしく野性味のある顔に子供のような笑みを浮かべ、彼は船尾《せんび》の高い甲板へと続く階段のほうへ歩いていく。そして階段を軋《きし》ませて腰を下ろすと、こちらに向けて手を差し出してきた。

「来いよ、ティファニー」

「――…」

(行ってはだめ)

上背《うわぜい》のある立派な体躯《たいく》を見つめて、ティファニーは自分に言い聞かせる。

尊大で自信に満ちた精悍《せいかん》な面差《おもざ》し。日に焼けた肌といい、そこに浮く大小の傷といい、無造《むぞう》作《さ》に腰に差した短銃《ピストル》といい、粗野《そや》な佇《たたず》まいでありながら、不思議と他を圧する風格をまとう無法者。

彼は海賊の首領である。人々から恐れられ、忌《い》み嫌われている一団を率《ひき》いる人間なのだ。

(でもわたしにはやさしい…)

こちらを見つめる灰色の眼差《まなざ》しの甘さに、知らず胸が疼いた。

ティファニーに一目惚《ぼ》れしたという彼は、こちらがいやだということは絶対にしない。おびえさせないよう、不自由させないよう、いつも必要以上に気を遣《つか》ってくれる。

家族からないがしろにされて育ったティファニーは、そうされると弱いのだ。いけないとわかっていても、つい彼の手を取ってしまう。彼の気持ちは、とても温かく、うれしいものだったから…。

自《みず》ら彼の手を取ったティファニーを、ライオネルは瞳《ひとみ》を輝かせて引き寄せる。そしてくるりと身体を反転させると、背後から抱きしめるようにして自分のひざの上に座らせた。

「いい子だ。ご褒美《ほうび》に、今夜もたっぷりかわいがってやろうな」

言い終える前に、彼はティファニーのドレスの胸元を押し広げ、まろびでたふくらみを大きな手ですっぽりと包み込む。

「あ…っ」

反射的に身を引くと、背中を彼の胸に押しつける形になる。服越しにとはいえ、たくましい筋肉の隆起《りゅうき》を感じてしまい、その身体に組み敷《し》かれた際の重みを思い出して、頬《ほお》が染まった。

彼の手は、ティファニーの白いふくらみに指先をめりこませ、慣れた手つきで揉《も》みしだく。かと思うと、反対側の手はデイドレスのスカートの裾《すそ》を持ち上げ、器用に下着《ドロワーズ》を下ろして取り去ってしまった。

またたく間に脚《あし》ばかりでなく、秘部までもが剝《む》き出しにされ、ティファニーは驚きに目を剝く。

「な…、な…っ」

「せっかく外にいるんだ。うんと開放的にやろうぜ」

耳元で、低く太い声が艶《つや》めかしくささやいた。そう言われると、穏やかな波の音と、時折髪を揺らす潮風を、いつもより強く意識してしまう。

羞恥《しゅうち》にこわばっていた大腿《だいたい》の間に、彼はするりと右手を差し込んできた。

「あっ、…」

体格に見合った長く太い指が、ぐい、と秘裂《ひれつ》を開き、その中に指先をすべりこませてくる。

「やっ、…ぁ…っ」

淫《みだ》らな口づけによって少しだけうるんでいたそこは、大きさのわりに繊細《せんさい》に動く指で蜜口《みつくち》をくすぐられると、さらにとろりと蜜をにじませた。あまりにもたやすいその反応に、自分でも恥ずかしくなってしまう。

左手はその間にも、やわらかい胸の果実をねっとりと捏《こ》ね上げ、先端の粒をきゅっきゅっとつまんでいた。

「…、ん、…ぁっ、——…」

胸の先からジン…と発した悩ましい痺《しび》れに首をふるものの、甘くふるえる声を出しながらでは説得力がない。指はそのまま生き物のように動き、白いふくらみを思いのままに弄《もてあそ》び、ティファニーの物慣れない身体を的確に昂《たか》ぶらせていった。

「はぁ…、ん…!」

淫靡《いんび》な気分は、いよいよ蜜があふれ出した秘裂の中で、彼の右手が秘玉《ひぎょく》にふれるに至り、いっそう高じていく。

「やぁっ、…ぁあっ、…だ、だめ…っ」

悦《よろこ》びにふるえる身体を背後からしっかりと押さえつけ、ざらついた指先は、蜜をすくい取ってまぶすように円を描いてぬるぬると秘玉を転がしてきた。

「…あっ、…そ、それ、だめ…あっ、あぁ、んっ…」

甘い声を高く張り上げる様《さま》に勢いを得たのか。指はさらに剝き出した秘玉をつまみ、ふにふにと刺激を加えたり、ぬるんと引っ張る悪戯《いたずら》をくり返す。

「ひゃっ、…あっ、ぁっ、…それっ、それ強い…あぁん…っ」

下腹部から突き上げてきた強い快感に、ティファニーの腰は大げさなほど跳《は》ねてしまった。閉じていたはずの脚からは力が失われ、大腿がぴくぴくと時折こわばる。

「オレの指にそんなに感じて。いい子だ、ティファニー。いくらでもしてやる」

ライオネルが満足そうに喉《のど》を鳴らして笑った。

「とろとろのここにさわってると、指まで勃《た》ちそうになる」

蜜芽《みつめ》をきゅっとつままれ、びくんっ、とのけぞる。

「あぁっ…」

下肢《かし》は火にあぶられているかのように熱く、そこに潮風を感じるたび、羞恥のあまり目がくらみそうになった。脚を開いてあられもなく秘部を外気にさらし、そこを彼の指にいじられている。おまけに淫唇《いんしん》からしたたった蜜は、いまや大腿をもぬらしている。

「あぁっ、…や、…だめっ、…も、だめぇ…っ」

胸と下肢と、両方の鋭敏《えいびん》な突起《とっき》を同時にいじられ、身の内を駆《か》けめぐる熱い愉悦《ゆえつ》に身もだえながら、ティファニーはとうとう声を張り上げた。

彼が自分に許してくれている力を行使する。

「もう、だめっ。こ…ここでは、いやっ、…、ぁっ…」

はっきりと告げると、不埒《ふらち》な指は、渋々その場所から離れていく。

「はぁ…、はぁ…、…っ」

涙にうるんだ瞳を虚空《こくう》にさまよわせ、肩で息をする。ライオネルは背後から、そんなティファニーの目尻《めじり》に口づけた。

「もうだめか。困ったヤツだな。こんなことくらいで」

笑み混じりの声は、ひどくやわらかい。背後から包み込むように抱きしめられていることに改めて気づき、胸がせつなくしめつけられた。

その腕の中でくったりと力を失っていると、彼は汗ばんだうなじに口づけてくる。

「感じやすい、いい身体になった。仕込めば仕込むだけよくなってく」

「──…」

赤裸々《せきらら》な言葉に、恥ずかしさと、誇《ほこ》らしさと、後ろめたさと。あらゆる感情がこみ上げてはティファニーの中でせめぎ合った。

彼はいつでもティファニーを悦ばせるだけである。乱れる様を愛《め》でて愉《たの》しみ、快感を与えることによって好意を得ようとしている。

その方法はともかく、そうまでして求めてくれる気持ちはうれしかった。家族にかえりみられず、友人と呼べる相手も持たず、いままでずっとさみしかったから。この世にふたつとない宝物のように、大事に大事に扱われると、どうしたって胸がふるえてしまう。

けれど。

（海賊じゃなければいいのに…）

世間に悪名《あくみょう》をとどろかせているお尋《たず》ね者でさえなければ、素直に身をまかせることができるのに。

ティファニーの気持ちは、いつもそこで続ける先を失ってしまう。

海の泡のように生まれてはただよい、やがて消えてしまうその感情のやり場を、ティファニーはどこにも見出すことができない。

だから今日も、淫猥《いんわい》な彼の指が紡《つむ》ぎ出す快楽に物思いを蕩《とろ》けさせ、ただ彼が望むまま乱れ、溺《おぼ》れていくばかりだった。

1章　嵐の訪れ

　はらり、と夜の部屋に本のページを繰《く》る音が響《ひび》く。

　夕方までなんとかもっていた天気はくずれてしまったようだ。窓の外では大粒の雨が降り、雷雲がゴロゴロと不穏《ふおん》なうなりをあげている。

　しかしそれも、屋敷の外れにあるこの小さな部屋の静寂《せいじゃく》を侵《おか》すものではない。

「ふぅ……」

　息の詰まる場面をひと息に読み終えると、ティファニーは大きく息をついた。

　自分の部屋で、窓枠を机代わりにして、その前に椅子《いす》を置き、蠟燭《ろうそく》の灯《あかり》の下で本を読む。それはティファニーがこよなく愛するくつろぎのひとときである。

　現実の世界へ意識が戻ってきた後、カタカタとふるえる鎧戸《よろいど》に目を向けた。どうやら風も強いようだ。吹きつける海風からガラス窓を守るべく、固く閉ざされている鋲《びょう》打ちの木の扉は、先ほどから絶えず音を立てている。いつもおだやかに凪《な》いでいる海も、いまは波高く荒ぶっていることだろう。

　ここロアンドは、ヨークランド王国の南に位置する大きな港街。そして海に面して建つこの屋敷は、代々ロアンドを治める領主モードレット家の館である。

　晴れた日に窓を開ければ、青く輝く海が眼下《がんか》に開け、港に係留《けいりゅう》された無数の船が目に入る。陸ではなく海の上を走るというそれに、一度くらいは乗ってみたいものの、残念ながらまだその機会に恵まれたことがない。それどころか、ティファニーはまだ一度もこのロアンドの街を出たことがない。

　だからせめて本を通して、つかのまの冒険を楽しむのだ。

（現実はとてもつまらないんだもの…）

　心の中でつぶやいて、そっとため息をつく。

　現実だけではない。ティファニー自身だって相当退屈な人間だと思う。

　内気で人見知りをする質《たち》のため、そつなく社交をこなさなければならない貴族の令嬢《れいじょう》でありながら、人と――家族とすら、なかなかうまく話すことができない。

　中身だけではない。見た目も、はなやかで人々の注目を集める姉たちとはちがい、地味そのものだった。

　ロレーン、マチルダ、そしてジョセフィーヌ。三人の姉たちは皆、豊満《ほうまん》で大人びた身体《からだ》つきだというのに、ティファニーだけはいくつになってもほっそりとしたままで、腰を引きしぼった舞踏会《ぶとうかい》用のドレスを着ても見映《みば》えがしない。

おまけに髪は家族の中でただ一人、亡くなった母親ゆずりの銀色だった。まるで白髪《しらが》のようだと、幼い頃から姉たちにからかわれてきたため、なるべく目につかないよう三つ編みにして頭上でまとめ、さらにそれを布で包んで留《と》めている。

青い瞳《ひとみ》も同様だが、これればかりは隠しようがなく、できるかぎり人と目が合わないよう、いつも伏せがちにしている。それが人に自信のない印象を与え、軽《かろ》んじられる原因になるのだと、わかってはいてもなかなか直すことができなかった。

（お姉様たちがわたしをうとむのは、それだけが原因ではないけれど…）

ティファニーが兄姉たちとちがい一人だけ、後妻《ごさい》の——それも身分の低い街娘の子供だから。そのため自《みずか》らの出自《しゅつじ》に誇《ほこ》りを持つ姉たちは、一人毛色のちがう妹を家族として受け入れることができないのだろう。

いくつになっても慣れることのないさみしさを覚えつつ、ティファニーは屋敷の本棟のほうへちらりと目をやった。そこではいま、あいにくの天気をものともせず、はなやかな夜会が催《もよお》されているはずだ。

今夜は三番目の姉ジョセフィーヌの婚約披露の日なのだ。その美貌《びぼう》によって『ロアンドの薔薇《ばら》』と呼ばれている彼女は、都の貴族に見初《みそ》められた。

けれどいつものごとくティファニーは呼ばれていない。伝え聞いた姉の言《げん》によると、垢抜《あかぬ》けているわけでも、社交的な性質でもない妹を、なるべく人目にさらしたくないとのことだった。

ティファニー自身、そういった晴れがましい場は苦手だが…それと、家族の祝い事の場に招かれないことは別の話である。

（…続きを読もう）

考えてもしかたのないことを振り払うように頭をふり、ティファニーはふたたび本に目を落とした。

とそのとき。廊下《ろうか》から、おずおずと近づいてくる足音が耳に入る。それは部屋の前で止まり、中の様子をうかがうように、しばらく沈黙した。

「だれ？　入ってきていいわ」

声をかけると、扉の開く音とともにティファニーと同じ年の侍女《じじょ》がひとり、顔をのぞかせる。

「お嬢様、あの…」

「ジニー。どうしたの？」

見知った顔に、ティファニーは緊張を解いて笑いかけた。ジニーは、半年前にこの屋敷に来たばかりの侍女である。我《が》の強い姉たちと合わず、何かとつらい思いをしているようだったため、ティファニーに何か用事があるときは、なるべく彼女にまかせてきた。そうすれば多少は姉たちから離れられるだろうから。

ティファニーの問いに、彼女はそばかすの浮いた顔を小さく傾ける。

「お聞きになっていらっしゃらないのですか？　本日の夜会はジョセフィーヌ様の婚約をお祝

いする特別なものだから、ティファニー様もご出席なさるよう旦那《だんな》様がおっしゃっていたのですが……」

「え？」

「ドレスを用意してお待ちしていたのにいらっしゃらないので、もしやと思ってお迎えにまいりました」

「そんな……」

晩餐会《ばんさんかい》にしろ、舞踏会にしろ、これまでティファニーに声がかかることは一度もなかったというのに。めずらしいこともあるものだ。

「きっと、それだけ今夜が特別ということではないでしょうか。ほら、昨年の海賊の事件の日からずっと、この街も、お屋敷も、いいことがありませんでしたから……」

「そうね」

ジニーの言葉に、ティファニーは納得してうなずいた。

昨年、このロアンドの街は海賊による襲撃《しゅうげき》を受けたのである。ここ数年、近海で並ぶものなしと恐れられている大海賊団『白骨黒旗《ブラック・ロジャー》』――その襲撃は苛烈《かれつ》を極め、多くの物が略奪《りゃくだつ》され、女たちは連れ去られ、それを止めようとした者は容赦《ようしゃ》なく殺された。

その最悪の事件以来ずっと、街はどことなく打ち沈んだ空気に包まれ、活気を取り戻せずにいた。そんな中、領主の娘であるジョセフィーヌの婚約が決まったのである。それは人々にとって久しぶりの明るい話題だった。

使用人たちから聞いた話では、相手は都に暮らし、王宮にも伺候《しこう》するという由緒正しい名家の出なのだという。

この上ない縁組みということで、屋敷は何日も前からはなやいだ雰囲気《ふんいき》だった。よって普段は家庭にあまり関心のない父も、部屋に引きこもりっぱなしの末娘を思い出したのかもしれない。

たとえそれだけのことであっても、父に気にかけてもらえるのはうれしかった。

「さぁ、お早く。必要な物は隣の部屋にお持ちしましたから」

もうとっくに夜会は始まっている。急《せ》かすジニーの声に従って隣の部屋に移り――そこで目にしたドレスに驚いてしまう。

「こ、これ…お姉様のドレスだわ…っ」

青い眼を大きく見開いて、ティファニーはうろたえた。

白地の上に精緻《せいち》な白いレースを重ね、小粒《こつぶ》のガラス飾りを散りばめた清楚《せいそ》なデザインである。スカートを少しふくらませたその形は、白百合《しらゆり》の花を伏せたような風情《ふぜい》で、確か一番上の姉ロレーンのお気に入りだったはずだ。

「ええ、ティファニー様は舞踏会用のドレスをお持ちでないから、何かお貸しになるよう、旦那様がお嬢様方にお命じになったのです」

「本当に…？」

いくら屋敷の中で女王のようにふるまっている姉たちといえど、父の意向には逆らえない。しかしそれでも、彼女たちがティファニーのために、これだけのものを提供するというのは信じられなかった。

まごつくティファニーに、ジニーが泣きそうになりながらうながす。

「お早く！　こんなに遅れてしまって…わたし、また怒られてしまいます」

「わ、わかったわ、ジニー。急ぐから、泣かないで…」

なだめながら、ティファニーは急いで普段着のドレスを脱いだ。そしてジニーの手を借り、手早く白いドレスを身につけていく。

それが終わると、団子状にまとめた銀の髪を隠すように包んでいた布を外した。いつも固く編んでいるためか、下ろした髪は自然に波打ち、肩や背をおおう。ジニーはその一部を簡単に編んだだけで、残りは背中に流した。

さらに軽く化粧をし、用意されていたアクセサリーをつければ終わりである。

支度の調《ととの》ったティファニーを見て、彼女はため息をつき、自信に満ちた笑みを浮かべた。

「すてき…。やっぱり思った通りでした」

「なにが？」

「いけない、のんびりしている場合じゃありません。広間へ急ぎましょう！」

散らかった部屋をそのままにして、ジニーはせわしなく廊下に出ていく。絨毯《じゅうたん》の敷《し》かれた重厚な廊下を、本棟に向けてティファニーを先導するように足早に歩いた。

夜会の会場である広間に近づくにつれ、人の姿が増えてくる。あまりにも急ぎ足だったせいか、みんながこちらに目を向けてきた。

ティファニーは前を行く背中に向けて控《ひか》えめに訴《うった》える。

「ジニー。もう少しゆっくり歩けない？　なんだか目立ってるみたい…」

「目立ってるのは、お嬢様がお美しいからです。いままで見たことのない、あの令嬢はいったい誰だろうと、皆様お考えなんですわ」

「そんな――」

褒《ほ》められ慣れていないティファニーは、とまどって言葉を飲み込む。そうこうしているうちに、二人は広間の入口にたどり着いた。

その入口を通り抜けながら、ジニーが口を開く。

「ティファニーお嬢様、いままでお世話になりました。このお屋敷の中で、わたしにやさしい言葉をかけてくださったのは、ティファニー様だけです」

「ジニー？」

突然おかしなことを切り出され、目をぱちぱちさせた。

「どうしたの？　そんな、お別れみたいに…」

「その通り。わたし、先ほどクビになったんです。マチルダ様がドレスを着た際、すぐに褒め言葉を口にしなかったせいで、バカにしていると言われて…」

「まさか。そんなことで…？」

「いえ、表向きはわたしがマチルダ様の指輪を盗んだせい、と言われると思います。ですがわたし、誓ってそんなことしていません」

きゅっと屈辱《くつじょく》を嚙《か》みしめるように、ジニーは両手をにぎりしめた。ティファニーは胸を痛める。

「えぇ――えぇ、信じるわ。いままでにも指輪を盗んだせいで、お姉様の侍女がクビになることはよくあったから…」

話しながら歩くうち、二人はいつの間にか、広間の奥にできた人だかりの前にいた。機嫌の良さそうな父の声が聞こえてくる。ということは、その輪の中には今夜の主賓《しゅひん》がいるのだろう。

ジニーはそこでようやく足を止めた。そして振り向く。

「ティファニー様。…ですからこれはわたしにできる、精一杯の復讐《ふくしゅう》なんです」

「復讐？」

そばかすの浮いた顔を見つめ、ティファニーは瞳をゆらす。彼女は重々しくうなずいた。

「幸せは、あなたのものになるべきです。――あの、性根《しょうね》のくさったバカ女たちではなく！」

たたきつけるようなその叫びに、その場がふと静まりかえる。人々の視線がいっせいに集まった。

「ジ、ジニー……！」

まごつくティファニーの前で、中心にいる人物を囲むように固まっていた一団が、ゆるりとほどける。

おとなしげだった侍女は、その瞬間、ティファニーの背中を強い力で招待客の中へと押しこんだ。

「モードレット家の末のご令嬢、ティファニー様…です！」

その声に招待客はざわめき、道を開けた。人々の中心――夜会の主催者《しゆさいしや》である父と、姉のジヨセフィーヌ、そして金糸《きんし》の装飾もまばゆい軍装に身を包んだ、見知らぬ男性へと。

（あれが…バーナード卿《きよう》…？）

姉に求婚したというその男性は、三十歳をいくらか越したくらい。どこか周りを見下した感のある、権高《けんだか》い雰囲気だった。それもそのはず。

彼は名家の出であるばかりでなく、王立海軍に身を置く将校であり、ここ数年近海を荒らしまわる大海賊団『白骨黒旗《ブラック・ロジャー》』討伐《とうばつ》の任を負う英雄でもあるのだ。

「やつらは慎重で狡猾《こうかつ》。おまけに逃げ足が速い。噂《うわさ》によると海軍出身者が多いらしく、生意気にも戦術に長《た》け、船の扱いが巧《たく》みなのだ。だが心配はいらない――」

自らの任務について熱をこめて語るバーナード卿は、はじめのうちこちらに気づかなかった。

しかし周囲が自分の話から注意を逸《そ》らしたと気づくや、険《けん》のある眼差《まなざ》しでこちらを振り返る。

——とたん、その声が途切れた。

ティファニーの姿を目にしたバーナード卿と父は、おどろいたように目を見開く。姉たちはしばし呆《ほう》けた後、おそろしい怒りを示して顔をゆがめた。

ティファニーはあわてて頭を下げる。

「お…、お呼びとうかがい、まいりました…。遅くなって、申し訳ありません…」

蚊の鳴くような挨拶《あいさつ》に、ジョセフィーヌが尖った声を張り上げた。

「呼んでないわ、あんたなんか！　呼ぶわけないでしょう！」

（——え？）

二人の姉になだめられながらも、怒りの治まらないふうのジョセフィーヌの形相《ぎょうそう》から逃げるように、ティファニーはジニーのほうを向く。——と。

「ジニー…!?」

自分をここへ連れてきた侍女は、お仕着せのエプロンをむしり取るようにして外しながら、広間から出ていくところだった。

（ど、どうして…っ）

とまどい、立ちつくしていると、バーナード卿は真新しい黒革の長靴のかかとを鳴らし、近づいてくる。そして豪奢《ごうしゃ》な軍装を見せつけるように、ティファニーの前で胸を張った。

「子爵《ししゃく》。ご紹介いただけますかな」

居丈高《いたけだか》な声に、父が恐縮した体《てい》でうなずく。

「もちろんでございます。それは末の娘のティファニーです。本日は…そう、体調がすぐれないと申しておりましたので休ませていたのですが…」

しどろもどろの説明をどう受け止めたのか、バーナード卿はくちびるの端を持ち上げた。

「子爵もお人が悪い。これほどに美しいご令嬢を隠しておられたとは」

「隠すだなんてめっそうもない！　ただティファニーは、まだほんの子供とばかり――このように成長しているとは、私自身ついぞ気づいていなかったのです」

「なるほど。身近にいると変化に気づきにくいものですからな」

「特にこの子は姉たちとちがい、いつも飾り気のない質素な格好ばかりしているので、よけいに――」

「ほう、慎《つつ》ましい性質と。さらにすばらしい」

「そうおっしゃっていただけますか！」

そう言うと、父は喜色満面《きしょくまんめん》で肩を抱いてくる。

「よかったな、ティファニー！」

「――…っ」

ティファニーは、びっくりして身体を硬くした。

そんなふうに父に抱きしめられたのは初めてだ。彼が自分のことでこんなにも上機嫌なのも。

「一曲お相手願えますか？」

バーナード卿が手を差し出してくる。

（どうして？　この方はお姉様に求婚したはずなのに——）

困惑を交えて姉たちのほうを見れば、相手は憤怒《ふんぬ》の形相でこちらをにらみつけてきていた。ぎりぎりと、扇子《せんす》をにぎりしめる手には、白くなるほどの力が込められている。

（——…っっ）

その意図《いと》を酌《く》み、ティファニーははっきりと首をふった。

「い、いえ…。わたっ、わたし、ダンスが…苦手で…」

「だが父上は踊ることを望まれているようだ」

「そうとも、ティファニー。お相手していただきなさい。さぁ行っておいで」

父の援護を受け、バーナード卿はティファニーの手を勝手に取って広間の中ほどへ連れ出していく。

練習以外の経験がない上、後で姉たちから受ける仕打ちのことを考えると、集中もままならない。ティファニーのダンスは傍目《はため》から見ても目をおおう状態だった。

しかしその物慣れなさが、かえって気を引いたらしい。

「ダンスなどできなくていい。女性は、夫以外の男と親密にふるまう機会など、持たないに越したことがないのだから」

満足げに言いつつ次第に近づいてくる顔から、何とか逃げようと横を向く。

「あの…、父はバーナード様とご縁ができることをとても喜んでいます」

姉が彼から求婚をされたときの、父の浮かれようを思い出して言うと、相手は当然とばかりにうなずいた。

「昨年の無法者による暴虐《ぼうぎゃく》では、こちらのお宅も大きな被害を受けたそうですね」

「…はい…」

ふいによみがえった記憶に、ティファニーは顔をくもらせる。

巷《ちまた》を震え上がらせている大海賊団『白骨黒旗《ブラック・ロジャー》』の襲撃によって、モードレット家はたった一人の嫡男《ちゃくなん》を失った。屋敷に保管されていた、先祖伝来の宝物を持って逃げようとしたところで、運悪く海賊と鉢合《はちあ》わせ、その場で殺されてしまったのだ。もちろん宝物は持ち去られた。海賊たちはほんの数刻で、潮が引くようにいなくなってしまった。軍艦が来る前に逃げたのだと言われている。

他の家族はそのおかげで事なきを得たが、跡取《あとと》りを失った父の嘆きは深かった。

ティファニー自身、年の離れた兄とはほとんど言葉を交わすことがなかったものの、それでも身内の命が無残に奪われた事実を、恐ろしい思いで受け止めた。

そして父は子爵家の当主として、新しい後継者を探さなければならなくなった——バーナード卿からの求婚は、その矢先のことだった。

「バーナード様と姉の婚約は、この家の者にとって、悲しみから抜け出すきっかけになると思います…」

有力貴族で、海軍将校として港を守るだけの力を持ち、息子の仇《かたき》を取ってくれるはずの海賊討伐の指揮官。三拍子そろったこの求婚者を、父は諸手《もろて》を挙《あ》げて迎え入れた。

けれどバーナード卿は、ティファニーの頭上で嘆息《たんそく》する。

「私は知らなかったのですよ。子爵が、他にも清らかな咲《さ》き初《そ》めの花を隠しておられたことを」

「あ、ありがとうございます。…でも、姉のほうがきれい…です。よく『ロアンドの薔薇』と…」

「呼ばれているのではない。あれは呼ばせているのだ。結婚を視野に入れた宣伝のつもりだったのだろう。私としたことが、すっかり噂に惑わされた」

「惑わすなんて——」

「私は三男でね。領地持ちの娘と結婚しようと思っていた。このロアンドなら、海軍に身を置く私の所領《しょりょう》にふさわしい。だが別に…結婚相手は三女である必要はない」

そう言うと、彼はティファニーを傲然《ごうぜん》と見下ろす。

「……」

いったいこの人は何が言いたいのだろう？

その答えを知りたくないと感じる。不安とともに見上げるティファニーを、彼は踊りの輪から連れ出した。

「少し休みましょうか。喉《のど》が渇いたでしょう」

手を取って歩きながら、彼は部下らしい軍服の若者を指で呼びつけ、何事かを耳打ちする。

若者はちらりとこちらに好奇の目を向け、去っていった。

「あの…」

「少し静かな場所に行きましょう。雨が降っていなければ庭園に出るところですが…」

そんなことをつぶやきながら、彼は窓際に足を向ける。バルコニーに向けて少し奥まった造りになっているそこは、カーテンの陰《かげ》に隠れて人目につきにくくなっていた。

「せっかくですが、わたし、そろそろ戻ります――」

ティファニーは、彼の肘《ひじ》にかけた自分の手を外そうとこころみる。しかしバーナード卿はすかさずその手を、反対側の手で押さえつけた。

「そう言わず。もう少しだけおつき合いください」

有無《うむ》を言わせぬ口調で言い、窓辺へと引っ張り込む。

「――…」

ぱたぱたと、ガラス窓に打ちつけられる雨の音が不安を誘った。漠《ばく》とした不穏な予感が一滴ずつ募《つの》っていく。

　そこに、先ほどの若者がグラスをふたつ持ってきた。

「どうぞ」

「あの、わたし、お酒は…」

「軽い果実酒ですよ」

　ほほ笑んで言い、バーナード卿はティファニーの手に、強引に薄いガラスの杯を押しつけてくる。

　しかたなく形ばかり口をつけたところ、本当に飲み口が軽く、甘かった。ダンスでの緊張もあり、喉が渇いていたティファニーは、それを一息に飲み干してしまう。

「足りませんでしたか。――おい」

　バーナード卿がカーテンの向こうへ声をかけた。と、そこにひかえていたらしい若者は、ほとんど間を置かずして新しいグラスの杯を持ってくる。まるであらかじめ用意していたかのように。

「どうぞ」

「いえ、でも…」

「この杯の中身がなくなったら、お父上の元にお返ししましょう」

「…では――」

受け取った杯を、ティファニーはすぐに半分ほど飲んでしまった。甘くて、果汁のようなのに喉ごしがなめらかで、いくらでも飲めてしまいそうだ。

「気に入っていただけましたか」

「はい。お酒の香りがしないので…」

まるでほとんどお酒が入っていないかのようだ。普段お酒をまったく飲まないティファニーでも、これなら飲める。

そう返そうとしたところ、ふいに頭がくらりとするのを感じた。胃のあたりから熱が広がり、全身を満たしていく。

相手が小さくほほ笑んだ。

「頬《ほお》が赤くなってきた」

「飲み慣れていないので…」

恥ずかしく思い、あわてて横を向いて顔を隠す。しかし。

「じっとして」

命令するような口調で言い、彼は顔を近づけてきた。

(——え…?)

ふれそうになるまで近づいてきたくちびるから、とっさに顔をそむけて逃げる。

「あ…あの、…っ」

「静かに。貴女《あなた》の兄の仇を取るこの私に、身を捧《ささ》げるんだ」

「海賊を…討つことは、あなたのお仕事、のはず――」

「無論そうだ。だが私の責務はそれだけではない」

「え…?」

「いいでしょう、あなたにだけお話しします。ですがこのことはくれぐれも他言無用に」

他言無用と言いつつ、彼は得々《とくとく》とした口調で語った。

「私は王妃様から直々《じきじき》に、とある密命を受けているのです。王宮から出奔《しゅつぽん》した第一王女を捜すようにと」

「お…王女様を…?」

「いかにも。国王陛下《へいか》が婚前に恋人との間にもうけられた庶出《しょしゅつ》の姫にして、陛下の寵愛《ちょうあい》と、王妃様の憎悪を一身に受けるお方。――その王女殿下は昨年、陛下が病に倒れられてより、王妃様をおそれて姿を消してしまわれたのです」

元々海軍の中に知己《ちき》が多かったため、王女が彼らにかくまわれていると確信した王妃は、バーナード卿に見つけだすよう命じたのだという。

話を聞き、ティファニーはとまどいに瞳を揺らした。

「では…海賊退治というのは、表向きのことなのですか…?」

「いいえ、海軍軍人としてはむしろ海賊の討伐こそが本分。ただこれまでは雑事に気を取られ、なかなか本気で取り組むことができなかった。しかし——もしあなたが私のものになるというのなら、そう遠くない将来、かならずややつらを一網打尽《いちもうだじん》にしてみせましょう。主《おも》だった連中をロアンドの港に連れてきて縛り首にしてやりますよ。結婚の贈り物だ」

そう言うと、くちびるがふたたび距離を詰めてくる。逃げたいのに、いつの間にか全身にまわっていた熱に力を奪われる。ティファニーは、のろのろと首を動かすことくらいしかできなくなっていた。

(——いや……！)

心の中での叫びに、そのとき。

「やれるもんならやってみな」

どこからともなく響《ひび》いてきた、笑み混じりの、張りのある大きな声が重なった。

それと同時に、広間の高い位置にある窓がいっせいに開く。とたん、雨交じりの強い潮風が吹き込み、蠟燭の灯《ひ》の多くを消してしまった。一瞬にしてあたりが暗くなる。

変事に気づいた客がざわついた。その頭上で、先ほどの声と思われる上機嫌な哄笑《こうしょう》が弾《はじ》ける。

「家の七光りばっか立派なジョン・ジョージ・バーナード！　得意なのは大言壮語《たいげんそうご》だけのくせして、よく恥ずかしげもなく討伐艦隊《かんたい》司令官を名乗るもんだな！　ろくに船に乗ることもできねぇで、どうやってオレらを捕まえるって?」

「か、か、か…っ」

バーナードが声をふるわせた。それを、人々の大音声《だいおんじょう》がかき消す。

「海賊だー!!」

恐慌《きょうこう》の叫びに応じるようにして、雷《かみなり》が天を走った。外がカッと白く光り、次《つ》いで耳をつんざくような空の咆哮《ほうこう》がとどろく。客たちは悲鳴を上げて逃げ出した。

その間にも、高い窓から風雨とともに、敏捷《びんしょう》そうな人影が次々とにぎやかしい声を発しながら躍《おど》り込んでくる。

「ただの海賊じゃねぇぜ。喜べ、バーナード! オレたちゃお探しの白骨黒旗《ブラック・ロジャー》だ!!」

名乗りを上げる声に、ティファニーは凍りついた。

(白骨黒旗《ブラック・ロジャー》…!?)

残虐非道な荒《あら》くれ者と名高い海賊。これまでに百隻《せき》近くもの船、十以上もの街をその餌食《えじき》とし、屠《ほふ》った命は千を越えるといわれている、その一団だというのだろうか?

酔いと、恐怖。ふたつの要因によってうまく動かない足で、ふらふらとカーテンの陰から出ていくと、広間は阿鼻叫喚《あびきょうかん》の様相を呈《てい》していた。

次々と窓を開け放ち、乗り込んできた闖入者《ちんにゅうしゃ》たちが、客たちの宝飾品に手をのばし、奪い取りながら駆け抜けていく。混乱の極みに達した客たちは、我先に逃げだそうと入口に殺到していた。

わずかに残った蠟燭と、時折光る稲妻《いなずま》の明かりしか頼るもののない暗闇《くらやみ》の中、気を失う婦人や、腰を抜かしてへたり込んでいる者も大勢いる。

「おっ、おのれ海賊め……！」

忌々《いまいま》しげに言いながら、バーナード卿は走り去っていった。

おかげでティファニーは、闇に閉ざされた混乱の中に一人取り残されてしまう。酔いのまわった頭では、どこへ逃げればいいのかもわからず立ちつくした。

そのすぐ耳元で、突然。

「ちっ、暗いな」

という、低いつぶやきが響いた。

ティファニーはびくりと身をすくませ、飛びのこうとする。しかし足下《あしもと》が定まらず、よろめいて倒れそうになった。

「おっと」

軽いつぶやきとともに、力強い腕がそれを抱き止める。その手はこちらの頤《おとがい》をつまみ、上を向かせた。

見れば、ティファニーなど易々《やすやす》と呑《の》み込んでしまえるほど大きな影が、のぞきこんでくる。

「あんたさっきバーナードといたよな？『ロアンドの薔薇』ってあんたのことか？」

（――海賊……）

自分はいま、その腕の中にいる。そう思うと、恐怖のあまり声も出ない。

相手はかまう様子もなく、近くの蠟燭に照らすようにティファニーの顔の向きを変えた。そのため、逆光になっていた相手の顔も、淡い光の中に浮かび上がる。

無造作《むぞうさ》にのみを振るったかのような荒削《あらけず》りな風貌《ふうぼう》。くっきりと通った鼻筋と、彫りの深い顔立ちは、半分影に沈んでいた。

目尻《めじり》の切れ上がった鋭い眼差しが、こちらにひたりと据《す》えられている。まるで刃のような銀色。

おそろしさに、ティファニーの身体が小刻みにふるえた。男は穴が開くほど長い間、じっとこちらを見つめている。男らしく引き結ばれた肉感的なくちびるが、声もなく何かをつぶやいた。――と。

「そうよ」

近くで、か細いジョセフィーヌの声が応じる。

「…その子が、『ロアンドの薔薇』よ」

男はそちらを見もせずにうなずいた。

「やっぱりな」

そしてくちびるをペロリと舐《な》める。

「ならおまえはオレの戦利品だ」

言うや、彼はティファニーの身体を片腕でひょいと抱き上げる。

「——っっ」

気がつけば、両脚で立った熊のように大柄な男の、肩の上にいた。まるでひと息に建物の二階まで持ち上げられたような気分に、酒のまわった頭がくらくらする。

(落ちる…っ)

そんな不安に、うまく力の入らない手を相手の頭にまわし、何とかしがみつく。と、相手は喉の奥で低く笑った。

「そうかそうか。オレと来たいか」

とっさのふるまいのせいで、どうも誤解が生じているようだ。しかしそれを正す間もなく彼はうっとりとつぶやく。

「おまえ、きれいなだけじゃなくて、いいにおいだなー」

ハッと身を離そうとしたティファニーの腰を押さえ、胸やお腹にかけて顔を埋めてきた。クンクンとにおいをかがれるたび、押しつけられる高い鼻がくすぐったくて身をよじる。

「い…いや、——放して…っ」

「はは。かわいいな。——うんとかわいがりたくなる娘だ。待ってな。すぐだから」

こちらがいやがっているというのに、海賊はひどくご満悦《まんえつ》な様子だった。

ティファニーは途方に暮れてしまう。

相手の正体を思うと、怒らせるようなことは言いたくない。けれどこのまま抱き上げられたままというわけにもいかない。

「放して、ください…お願い…っ」

ふるえる声で懇願《こんがん》するも、嵐や広間の混乱が発する騒音に邪魔《じゃま》されて、相手の耳には届かなかったようだ。どうしよう、と熱を持ってぼんやりとした頭で考える。

その矢先、海賊は獅子《しし》の咆哮のような大声を張り上げた。

「野郎ども！　今日はほんの散歩だ！　あんま欲かかずに適当なところで引き上げろ！」

「アイサー！」

周囲からの返答にうなずいて、彼はさっさと踵《きびす》を返す。バルコニーへと続く窓の取っ手に手をかける相手に向けて、ティファニーはもう一度、今度は強めに訴えた。

「お…下ろして…っ」

しかし勢いよく窓を開け放った海賊は、まったく別のことに気を取られている。

「こっちからでも行けそうだな」

外に出たとたん吹きつけてきた強い風雨の中、ティファニーは泣きそうになりながら、再度勇気を振りしぼって声を張り上げた。

「お願い、下ろして…！」

「しっかりつかまってろ」

まるで取り合わず、彼はそのままバルコニーの手すりを越えた。


屋敷の側面は一カ所だけ、切り立った崖《がけ》から海に向けて張り出している。海賊はその下にひそかに船を着け、敷地内へ侵入してきたらしい。なんと船は一隻だけだった。

ティファニーを抱き上げた海賊は、たたきつける風雨も、ぬれた足場ものともせず、人を運んでいるとは思えない敏捷さで崖を下り、船へ飛び移る。その際、浮遊感にぎゅっと相手の太い首にしがみつくと、相手は機嫌が良さそうに声を立てて笑った。

船員たちが行き交う甲板《かんぱん》に降り立つや、彼は「錨《いかり》を上げろ！」と怒鳴《どな》る。雷のような大音声に、その頭に張りついていたティファニーは気が遠くなりかけた。

「お、お願い。家に帰して…」

「オラ、ぐずぐずすんな！　お宝はいったんそこへ置いとけ！　懐《ふところ》に入れたヤツァ、大砲につめて敵艦に撃ち込んでやるからな！」

何度目かわからない訴えをくり返すものの、相変わらず海賊の耳は、ティファニーの細い声を拾ってはくれない。

彼の声が指示するまま、船員たちは船尾《せんび》の大きな滑車《かっしゃ》に取りつき、迅速《じんそく》に錨《いかり》を巻き上げていく。間を置かずして船が動き出し、岸が離れていくのが目に入った。

このままでは家に――陸に戻れなくなる。恐慌状態に陥《おちい》ったティファニーは、相手の耳に口をつけるようにして、精いっぱい大きな声を出した。

「お願い！　家に帰して！」

と、相手はようやくティファニーの声に気づいたようだ。なだめるように、腰にまわした手でぽんぽんとたたいてくる。

「平気平気。こわいことなんざ何もねぇよ。オレがついてるからな」

「いや――わたし、どこにも行きたくない……！」

「なんでだよ？　船旅もなかなか悪くないぜ？」

あっけらかんとそんなことを言い、彼は後ろを気にするそぶりを見せた。

「話は後だ。早いとこズラからないと軍艦に追いつかれる」

つられてそちらを見ると、雨に閉ざされがちな視界の向こう、真っ暗な海の上に、何艘《そう》かの船の灯火《ともしび》が見えた。あれが軍艦なのだろうか？

船の形はわからないが、夜会にバーナード卿がいたことを考えれば、すぐに追っ手がかかるのは当然だ。

（追いつけば、助けてもらえる……！）

とても自力で逃げられそうにないこの状況では、それを期待するしかない。

ティファニーはすがるように後方の船影《せんえい》を見つめた。しかし海賊は不敵に笑い、軽く言い放つ。

「心配するな。鼻歌歌いながらでも逃げ切ってやるさ。そのため腕の良いのだけ集めて一隻で来たんだからな」

「そんな…」

ティファニーは絶望的な気分に襲われた。それでは助けてもらえないではないか。

(ううん、この人の言うことが正しいとは限らないし——)

それを最後の希望のよすがに、追ってくる艦隊を見守る。しかししばらく進むうち、船足の差は素人目《しろうとめ》にも明らかになってきた。

追っ手の影は時を経《へ》るごとにどんどん遠ざかる。それを見届け、海賊はティファニーを肩に乗せたまま、甲板を歩き出した。

波が高く、船全体が大きく揺れているため、ティファニーは相手にぴったりとしがみついているしかない。にもかかわらず彼は風雨の中、まるで散歩でもしているかのように、普通に話しかけてくる。

「バーナードが宝物抱えて嫁探しに来るって聞いたからよ。ちょっとからかってやろうと思ってな。——それに、『ロアンドの薔薇』にも前から興味あったし」

ティファニーとちがい、彼の声は雨の中でも不思議とよく響いた。少し歩いた先で扉の前に立つと、どこへともなく声を張り上げる。

「オスカー、ここはまかせた！」

すると、傍《かたわ》らの暗闇から静かな声が応じた。

「どこへ？」

「お姫様を客室に案内すんのさ。いつまでも雨に当てとくのもな」

そう言うと、海賊は中に入って扉を閉める。と、ずっと吹きつけてきていた風雨がおさまり、少しホッとした。

入ってすぐのところに階段があり、身体の大きな彼はやや背をかがめるようにしてそれを下りていく。周囲を見まわして、ティファニーは意外に思った。無骨《ぶこつ》な海賊船と思いきや、胡桃《くるみ》材の重厚な壁といい、寄せ木作りの床といい、せまい廊下を照らす凝《こ》った作りの美しいカンテラといい、ずいぶん瀟洒《しょうしゃ》な内装だ。

目だけを動かしてあちこちを見ていると、海賊は自慢げに言った。

「貴族の令嬢を迎えるってんで、特別の船を出したんだぜ」

そしてたどり着いた船室もとても立派だった。揺れていなければ、どこかの貴族の部屋と言ってもいいくらいである。

おそらくは寝室なのだろう。壁際に天蓋《てんがい》つきの大きな寝台がひとつ据えられている。他にクロスのかかったテーブルや椅子、そしてソファーなどが置かれ、周囲には絵画や置物などの豪華な調度品が並べられている。

いまは燭台《しょくだい》に火が灯《とも》されておらず、明かりといえば天井に吊《つ》られているカンテラひとつであるため薄暗いが、きちんと明かりを灯せば美々《びび》しい様相を見せるだろう。

「どうだ？」

得意げに訊《たず》ねてきながら、海賊はティファニーを壊れ物のようにそっと壁際のベッドへ下ろす。ティファニーはそのまま、力なくベッドの上に横になった。

まるで嵐そのもののような、衝撃的な出来事が立て続けに起こったせいで、自分の身に起きたことを、まだ完全には把握《はあく》できていなかった。

さらにバーナード卿に飲まされた酒気《しゅき》が、依然《いぜん》しつこく残っている。彼は果実酒と言っていたが、とてもそうとは思えなかった。頭がひどくぼんやりする。

身体が冷え切ったことで酔いが醒《さ》めたかと思いきや、こうして室内に入ると、熱いのか寒いのか、かえって訳のわからない酩酊感《めいていかん》に襲われ、考えがまとまらなくなった。総じてすべてのことに現実感がない。

ぐらぐらする頭を敷布《しきふ》に預け、だまったまま見上げるこちらの前で、彼は誇らしげに室内を見まわす。

「ぶんどった豪商の船を艦船に改造したんだが、いつか賓客《ひんきゃく》を乗せることもあるかもしれないっていうんで、この部屋だけは残しといたのさ。役に立ってよかった。えぇと…」

見下ろしてくる灰色の瞳に危機感を覚え、ティファニーは腕の力を振りしぼるようにして、のろのろと身を起こす。

「…ティファニー…」

「そうか。オレはライオネルだ。よろしくな」

「――…」

差し出された手から、なるべく遠くに逃げようと、ヘッドボードに張りついた。

ライオネルは、持っていき場のない手で、ごまかすように頭をかく。

「言った通りだ。ひどいことなんかしねぇよ」

安心させるように言い、彼はゆっくりとした動作でベッドに腰かける。とたん、ギシギシ…！　と音を立てて寝台が沈み、ティファニーは、びくりとした。

いっそう強くヘッドボードに身体を押しつける。ライオネルは、そんなティファニーに向け、猫や犬をなつかせようとする体《てい》で身を乗り出してきた。

「あのな、オレ、おまえに一目惚《ぼ》れしたみたいなんだ。さっき広間で初めておまえを見たとき、目を疑った。目の前に妖精がいるって。…まばたきをするのも忘れた」

「――…」

「おまえみたいにきれいで、儚《はかな》げで、真っ白な砂糖菓子《さとうがし》みたいに華奢《きゃしゃ》で――なのにきらきらしてて、目が吸いついたきり離せない…そんな女を初めて見た」

彼のほうこそ、まるで子供のように瞳を輝かせて訴えてくる。けれどその、熱に浮かされた一方的な様子は、異性に慣れていないティファニーの目に、かえって恐ろしく映った。

「丸ごと全部好みなんだ。オレの手の中で大事に大事にかわいがりたい。その小鳥みたいな声をずっと聴いていたい」

「――…っ」

詰め寄られ、逃げ場もない。どうすればいいのかわからない。

息を詰めていると、ライオネルは鋭く険《けわ》しい目元をふと和《なご》ませた。

「おまえもおとなしくついてきたもんな、ティファニー。脈があるって、期待してもいいんだろ?」

(まさか！　そんなの、全然ちがうわ…っ)

何度も家に帰してと言ったのに、聞いてもらえなかった。それを思い出し、ティファニーははっきりと首をふる。…はっきりとさせたつもりが、うまく身体に力が入らない状態では、ゆるゆるとした動きにしかならなかった。

ライオネルは、それを都合良く解釈したようだ。

「認めるのが恥ずかしいか？　そんなことないぜ。オレ、顔も身体もいい線いってるだろ？気前いいし、女子供にはやさしくするし、けっこうモテる。出会ってすぐに惚れるのも無理はねぇよ」

自信に満ちた言葉は、ある意味正しい。彼の外見は確かに魅力的だ。だれもが認めるだろう。けれど彼は忘れている。自分が海賊であるということを。

ティファニーは、ふるえる声で必死に応じた。

「あ…あなたたちは、兄を殺した…っ」

「え?」

「去年、ロアンドを襲ってきたとき――」

「それは…っ」

何かを言いかけて、彼は力なく続ける。

「――オレじゃねぇよ」

ティファニーは、くらくらする頭をなんとか左右にふった。よしんば殺した当人でなくても、仲間であることに変わりはないのだから。

「海賊は、いや。…わたし、家に帰りたい。帰して…!」

「ティファニー。オレの小さなティファニー。頼む、そんなこと言わないでくれ」

のばされてきた手から、首をすくめて逃《のが》れる。

「いやっ、…」

「なぁ、景色のきれいな土地の城を買ってやるよ。おまえのためだけに働く何十人もの使用人を雇って、毎日新しいドレスを仕立てる生活を送らせてやる。宝石がほしければオレがいくらでも持って帰るし、他にもほしいものは何だって買ってやる。…どうだ？　悪くないだろう？」

波のように次から次へと押し寄せる言葉に、ティファニーは窒息《ちっそく》してしまいそうになった。こんなにいっぺんに、たくさんの言葉をかけられるのは初めてだ。酩酊している頭ではとても飲み込みきれない。

ティファニーは、相変わらずくらくらする頭を気力でふり続けた。どう言葉を尽くされようと、彼が海賊であるかぎり答えは変わらない。

「あなたの財産は…本当は、あなたのものではないわ…」

「あー、人からぶん捕《ど》るのが気に入らないって？　でもなぁ、よく考えてみろ。国王だって、貴族だって、下手すりゃ僧侶だって、自分より立場の弱い人間からいろんなものをぶん捕って暮らしてるじゃないか。海賊とのちがいは、合法か違法かってことだけだ。じゃあその法律は誰が決めた？　――国王や貴族たちだ。陸を支配する連中だ。だったら海の法律は、海を支配するオレたちが決めたっていいわけだよな？　栄《は》えある海賊法にかんがみて、お宝を満載してのんびり航行《こうこう》している商船を襲って利益を得ることは、法に反するか、否か」

厳《おごそ》かに言って、ライオネルはずいっと身を乗り出してくる。顔が、鼻先がふれるほどまで近づいた。

「――答えは、もちろん、否だ」

何かに挑むような、野性味にあふれた顔を、息を詰めて見つめる。しばらくそのまま見つめ合った末、ライオネルはぶっと噴《ふ》き出し、けたけた笑いながら顔を離した。

「なんてな！　…あれ？　おもしろくなかったか？」

にこりともしないティファニーの様子に、彼は頭をかく。

「まぁいいや。ひとまずぬれた服を替えないとな。そのままじゃ風邪《かぜ》をひく」

軽く言って、ライオネルは一度ベッドから降りた。壁際のクローゼットをごそごそとかきまわし、乾いた布とやわらかそうな亜麻《あま》布の夜着を引っ張り出してくる。

「ドレスはまた、明日にでも船倉《せんそう》から持ってきてやるから。いまはこれ着ておけ」

言葉とともに、目の前に投げてよこされたものを、ティファニーはじっと見つめた。

「なんだよ。お嬢様は一人で着替えもできないのか？」

ライオネルはふたたびベッドに上がり、楽しそうに身を寄せてくる。

「しかたないな。オレが手伝ってやるよ」

「やっ、――やめっ、あ…っ」

彼はティファニーの身体を片腕で抱え、空《あ》いているほうの手で、器用にドレスの背中に並ぶボタンをすべて開けてしまった。

「ほら、袖《そで》も――」

（…こわい――）

「や、だめ――ぬ、脱がせ、ないで…！」

突然の暴挙《ぼうきょ》に混乱し、ティファニーは全力で抗《あらが》う。けれど元より体力でかなわない上、酒の酔いが蔦《つた》のように身体にからみつき、その動きを妨《さまた》げる。ふらふらな抵抗を、ライオネルは抵抗とも思っていないようだった。

機嫌よく笑い、あれよあれよという間に、ぬれそぼったドレスをはぎ取っていく。

「かわいい声だな。声を聞いているだけで変な気分になってくる…」

うそぶいて、彼はティファニーの肌着にまで手をかけてきた。

「いやぁ…っ」

「…やばい。腰にくる」

「――あ、っ…」

脱がされまいと肌着を押さえる手を、くすぐってやんわりと開かせ、ライオネルは粗削《あらけず》りに整った顔に艶《つや》めいた笑みを浮かべた。

「恥ずかしがるなよ。これからお互い全部見せ合うんだから」

耳元で、低い声がねっとりとささやいてくる。煽《あお》るようなその声音《こわね》にぞくりとした。ついでとばかり耳たぶを吸われ、甘噛《あまが》みされ、肩がふるえてしまう。

「や…ぁっ」

「本当は期待してるんだよな？　わかってるぜ。オレがおまえを見た瞬間、心が稲妻に打たれたように、おまえもオレに一目惚れしちまったんだろう？」

薄暗い中でとはいえ、これまで侍女以外には見せたことのない肌を異性の目にさらし、羞恥《しゅうち》に涙がにじむ。なのに彼は、さらにひどいことをささやいてきた。

「一目見たときから、オレのこの身体にめいっぱい愛されたいって思ったんだろう？　でも恥ずかしくて、なかなか素直になれないんだよな？」

「ちっ、ちが、う…あ、やだ…っ」

まるで果物の皮でも剥《む》くかのように、彼はついに下着《ドロワーズ》までも簡単にむしり取ってしまう。ティファニーは両脚を固く閉じ、生まれたままの姿になってしまった身体を丸めた。

「口ではいやがってても、その顔を見れば本音がわかるさ。さっきからずっと頬を真っ赤に染めて、ぽーっとオレを見上げて、熱っぽく瞳をうるませてる」

「それは——」

反論しかけたティファニーのくちびるに、彼はちゅっと音をたててキスをする。ティファニーは驚きのあまり硬直《こうちょく》した。

（——いま…）

いま何が起きた？　その問いが、重い頭の中をぐるぐるとまわる。

「ひどい——」

初めての口づけをこんなふうに奪われ、その理不尽《りふじん》さに強い感情がこみ上げてきた。

怒らせてもかまうものか。ここにきて、ついに覚悟を決める。

「ちがうわっ、顔が赤いのは、お酒のせいよ…！」

自分としては精一杯きつく言い、ティファニーは渾身《こんしん》の力で相手の身体を押し戻そうと試みた。

しかし彼は一瞬息を詰め、それから何かをこらえるように吐き出す。

「…最初からあんまりあおるな、ティファニー。言い訳までたまらなくかわいいな…！」

欲望に昂《たか》ぶりながらも朗《ほが》らかな笑みを見せ、彼もまた性急な仕草で上着とシャツを脱いだ。

鍛え抜かれた大きな体軀《たいく》は、全身が筋肉におおわれており、おどろくほどたくさんの凹凸《おうとつ》がある。これまで異性の裸《はだか》など目にしたことがないティファニーは、自分とはまるでちがうその不可思議《ふかしぎ》な形状に、すっかり目を奪われてしまった。

圧倒的な迫力に気圧《けお》され、息を詰めるこちらの反応に、彼はしごく満足げな様子で脱いだ服を放り出す。そして獲物を前にした獣《けもの》のようにくちびるを舐め、おおいかぶさるようにしてティファニーの両脇に手をついた。

薄闇の中、挑発的に光る灰色の瞳で、じっと見下ろしてくる。

「期待に応《こた》えてやるぜ。オレの全部で愛してやる。望むだけ天国に連れてってやる」

「わ…わたし、期待してなんか――あ、…っ」

ふたたび口づけられそうになり、ティファニーはあわててくちびるを手でおおった。

と、ライオネルは少し不満そうに肩口に顔を寄せ、耳朶《じだ》をねっとりと舐めしゃぶる。

「いつまでそうやってられるかな?」

「ん…ん、…っ」

耳たぶをくちびるでやわらかく食《は》まれ、舌《した》で弄《もてあそ》ばれると、先程から酒精《しゅせい》の火照《ほて》りを帯びていた顔の熱が、急に高まった。次《つ》いで舌先が孔《あな》へ差し込まれてくると、そのぬめった感触と、ねちょねちょとぬれた音に動揺してしまう。

いままで誰からもそんなことをされたことはないし、想像したことすらない。

(いや――いや、やめて…っ)

心の中では確かにそう思っているのに、あまりに大きな衝撃ゆえ、拒絶の声は喉の奥に貼りついてしまったかのように出てこなかった。

身体がすくんでしまったのをいいことに、相手はざらついた大きな片手で胸のふくらみをつかみ、もう片方の手で腰骨を妖《あや》しくたどってくる。

「…あ、…ぁ…――」

肌と肌が直接ふれ合う感覚に、微熱《びねつ》のように身体を火照らせていた酔いが、全身にまわった。現実味のない、ふわふわとした感覚と、一気に高まった熱に意識がぼぅっとする。…熱い。

とろんとした目で見上げるティファニーに、ライオネルは灰色の眼を細めた。

「ティファニー。かわいいオレの妖精。女に対してこんな気分になるのは初めてだ。こんな…

初めて恋をした子供みたいに胸がさわいで落ち着かなくなるのは」

　そう言いながら、野性的な顔が近づいてくる。またまたくちびるをねらわれていることに気づき、ティファニーは顔をそむけて避けた。

　すると相手は代わりとばかりに、つかんでいた胸のふくらみのほうへ頭を沈める。そして無防備にさらされた先端を指先でつまみながら、残忍《ざんにん》な笑みを浮かべた。

「サクランボの砂糖漬けみたいだな。さっきから味わいたくてたまらなかったんだ。舐めたらやっぱり甘いのかな?」

　言いながら、見せつけるように口にふくむ。普段、存在を意識することすらないそれは、突然の熱くぬるついた感触に、きゅっと固く凝《こ》っていった。

「——ぁ…、ぁっ…」

　厚みのあるくちびるが、何度も角度を変えてちゅくちゅくと吸いつき、長い舌でぬるりと舐め上げ、からめ取る。痺《しび》れてしまうまで長々と弄んだ末、たっぷりぬれた舌で痛むほど強く吸い上げてくる——その瞬間、ティファニーの喉から細い悲鳴がこぼれた。

「や、…ぁぁぁ…っ」

「…なぁ、ティファニー」

　うっとりと悲鳴を聞いていた彼は熱い吐息《といき》をこぼす。

「信じてくれ。おまえを大事にする。この世の他の何よりも、うんと大事にする。全身全霊かけて誓う。──一目惚れだったんだ」

（うそよ──…）

胸から身体全体へと伝わっていく官能《かんのう》に、なすすべもなかった。同時に、心の中で彼の言葉を否定する。

会ったばかり。それも、冴《さ》えないと言われ続けてきた自分に、そんなふうに恋に落ちる人間がいるはずがない。

男の人は、女の人を恋人にするために甘い言葉をたくさん並べるという。それは往々《おうおう》にしてその場しのぎの嘘《うそ》で、身体を手に入れたら飽きて去っていくものだと──だから結婚するまでしっかり操《みさお》を守らなければならないと、屋敷に仕える年長の女たちは話していた。

操は、結婚した相手にしか許してはいけないのだ。そしてティファニーは、海賊と結婚などしたくない。

なのに相手はティファニーの胸の先端を、それが甘い飴玉《あめだま》でもあるかのように、飽きずに舌の上で転がしてくる。

「──ふ、…う…ん…っ」

淫《みだ》らな感触に、頂《いただき》の粒はじんじんと痺れて疼《うず》いた。酔いに火照っていた身体が溶けてしまいそうなほど心地いい。けれどそんな中でも保たれていた意識は、最後まであがいていた。

だめなのだ。これを許してはいけない。海賊と呼ばれる罪人などに、決して許してはならない。

こんな恐ろしいことを――

涙と熱につい閉ざされてしまう瞳を大きく開けば、巌《いわお》のような身体がまず目に入る。それはティファニーの胸のふくらみの片方にしゃぶりつき、もう片方をつかんで揉《も》みしだく、見知らぬ男だった。

その異常な事態に――これまでの常識を超えた光景に、ひるんでしまう。

「…い、やぁっ…、やめてっ。放して、…お願い…っ」

朦朧《もうろう》としながらも、必死に拒絶の言葉を発する。懇願する。

しかし男は、真っ赤に染まったティファニーの顔を、身を乗り出してのぞき込み、なだめるようにささやくばかりだった。

「オレの愛を教えてやるよ。知ればきっと好きになる」

「だめ…、いやなの…っ。ほんと、に…」

「やさしくする、ティファニー。悪魔《あくま》のようにやさしく落としてやる。拒《こば》めるもんなら拒んでみな」

そして最後までくちびるを守っていたティファニーの手を、難《なん》なくどかして口づけてくる。押しつけられるくちびるの感触に、青い目を大きく瞠《みは》った。理由のわからない涙が、ぽろぽろとひとりでにこぼれてくる。たぶん自分にとって大切なものが、無慈悲《むじひ》に奪われてしまったことに、理屈を超えたところで涙腺《るいせん》が反応したのだろう。

ひどいことをされている。——それは確かなのに。

くちづけはひどく甘かった。厚みのある蠱惑的《こわくてき》なくちびるは、ティファニーのくちびるを愛撫《あいぶ》するようにふれてくる。時折やわらかく噛み、ちろちろと舌で舐め…逃げても追いかけてきて、押しつけられる。

「…ふ、…ぅ…っ」

ずっといじられているうち、固く閉ざされていたくちびるが、次第にほどけてきた。と、それを見透《みす》かしたかのように、相手の舌が歯列《しれつ》を割って口の中に入り込んできた。

「んんっ…——っ、…ぅ…」

おどろき、縮《ちぢ》こまるティファニーにかまう様子もなく、舌はゆったりと大胆《だいたん》に口の中を舐めまわした。粘膜《ねんまく》に粘膜でふれられる、まったく未知の感触に身震《みぶる》いがする。しかもそれが思いがけず甘美《かんび》であったため、余計に混乱してしまった。

(これ…なに——?)

鼓動はおさまることなく、どきどきと高鳴りっぱなし。すっかり火照った顔が熱くてたまらない。なのに、口腔《こうこう》内を悠然《ゆうぜん》と這《は》いまわるヌルついた感触は、その熱をさらに高めていくかのようだ。

「…は、ぁ…っ」

冷たい空気を求めて口を開けば、そんな、聞いたこともないような自分の声がもれてしまう。

彼の舌は、ティファニーの小さな口の中をあますところなくたどり、存分に味わっていた。淫らに動いて口蓋《こうがい》や歯列をくすぐるたび、背筋をぞくぞくと奇妙な愉悦《ゆえつ》が這う。

「ん、っ…んぅ――…っ」

蹂躙《じゅうりん》しながらも、決して乱暴には動かない舌の様子に、奥で縮こまっていたティファニーの舌からも力が抜けていく。おずおずと姿を見せたそれは、待ってましたとばかりにからめ取られた。

「――!」

舌と舌がふれあい、舐められたとたん、ティファニーの頭の中で真っ白い火花が弾けた。目眩《めまい》がするほど甘美な感覚が、ふるえる全身を駆け抜けていく。

それは自分がどうにかなってしまいそうな、危《あや》うい心地だった。

それだけでも大きな衝撃だったというのに、唾液《だえき》をたっぷりからませた舌は、なおもティファニーのそれを舐め上げ、からみつき、根本をくすぐってくる。

「甘いな…」

息つぎの合間に、彼は湿《しめ》った吐息とともにささやいた。

「甘い。舐めているうちに、とけてしまいそうな舌だ…」

「も…、や――ん…っ、んっ、…!」

ライオネルの声音には真摯《しんし》な響きがあった。どうやらこの行為に夢中になっているようだ。

大きく、傍若無人《ぼうじやくぶじん》で、力強い舌は、その対極にあるティファニーのものを飽きずに追いかけ、からみついてくる。熱く弾力のある感触がひらめくたび、そこから淫らな疼きが生じ、じっとしていられなくなった。それはさざ波となって身体中に広がっていき、胸や腰までもが、ぞわぞわとひどく痺れてたまらなくなる。

未知の感覚から逃げようとするほどに、後頭部を枕に押しつけられるようにして深く追われ、身体の芯から発する熱にぐずぐずと思考が輪郭《りんかく》を失ってしまいそうになった。もう無理だ。これ以上は耐えられない。

熱に冒《おか》された頭でぼんやりと考えた矢先、ふいにからみ合わせた舌が、強くきつく吸い上げられる。とたん、下腹部からせり上がってきた甘い刺激に、ティファニーの頭は真っ白になった。

「んんぅぅっ――――…うっ、ふ…っ」

胸を突き出し、背筋をのけぞらせる身体を、ライオネルはその太い腕で抱き寄せ、さらに深く口づけてくる。

(もうだめっ…。…もう――)

このままでは溶けてしまう。砂糖菓子のように、溶けてなくなってしまう。

慣れた男の口づけの前に、ティファニーはひとたまりもなく陥落《かんらく》した。抗う気力や力など、もはやどこを探しても残ってはいない。

ライオネルが顔を離し、延々《えんえん》と続いた口づけが途《と》絶《だ》えてからも動くことができず、熱さと息苦しさにただ胸を大きく上下させた。

そんな状態を見下ろして、彼はくすりと笑う。

「たったこれだけでへばったのか？　まだまだ、これからだぞ」

くちびると舌が、ティファニーの首筋をたどった。やわらかい場所を、ついばむようになぞられ、くすぐったさに首をふる。

その間にも、ざらざらとした大きな手が、両の胸のふくらみを包み込んできていた。自分しかふれたことのない場所を、慣れた手つきで揉みしだかれ、「ひっ」と息を詰める。

「…、や、やぁ…、…っ」

ただでさえ酔いのせいで肌は熱く、ひどく敏感《びんかん》になっている。そこを皮膚《ひふ》の固いライオネルの手にざらざらとなでまわされ、感触にぞくぞくと肌が粟立《あわだ》った。さらに時折つかんで引っ張られると、そのざわめきは腰の奥まで伝わってくる。

ティファニーは喉をさらして、細く高い声を発した。

「ぁ、…だ、だめ…ぇっ」

「そんなにかわいく言われたら、夢中になるばっかりだ」

「は、はずかしい、から…っ」

「何が恥ずかしいんだよ？　こんなにきれいで形のいい胸はそうそうないぜ？　しかも…清楚《せいそ》

な雰囲気《ふんいき》だから、ここも控《ひか》えめかと思いきや…けっこう大きいな。うれしい誤算《ごさん》だ」

な？　と同意を求めるようにティファニーに笑みを向け、彼は円を描くようにして、ゆっくりと淫靡《いんび》な手つきで揉みまわす。

それがどんどん気持ちよく感じられてくることにとまどい、いやいやをした。

「そ、そんなの…知らない。…お、お願い。もう、やなの…っ」

「言ったろ。恥ずかしくない。おまえはどこもかしこもきれいで、オレの目を楽しませる」

一向に引かない酩酊《めいてい》の中、必死に訴えているというのに、相手にはまるでかまう様子がない。

ぐずる子供をなだめる口調で言い、彼は自分の手でまぁるく押し上げたふくらみに、ちゅっとキスをした。

「余計なこと考えるな。ただ、いい気持ちになってりゃいいんだ」

そのうち、肌ざわりと弾力を味わうように、自分の頬をそれに押しつけてくる。

「な…っ、」

「やわらかいな。いつまでもこうしていたくなる…」

手のひらの皮膚と同じ、ざらついたその感触に、ティファニーの肌はぴりぴりとざわめいた。

おまけに相手の顔の下で、自分の胸がいやらしく形を変えている様《さま》が目に入り、恥ずかしさに目眩がする。

「やっ…、…やだ…ぁっ…」

だがそれに気づいた彼は、わざと見せつけるように柔肉《やわにく》をつかんできた。そして揉みしだく手に力を込める。ぐに、と強く捏《こ》ねられ、鈍《にぶ》く弾けた甘い痛みに声がもれた。

「あぅっ、や…ぁん、…っ」

「初めての男がオレでよかったな。胸揉まれるの、気持ちいいだろ?」

「そ…そんな、こと、な――…あぁ…っ」

「嘘《うそ》つくなよ」

にやりと笑い、彼は手の中のふくらみの、赤く凝った先端部分を指の隙間《すきま》からのぞかせる。

「見ろ、ここ。…とがってる」

「やぁ…っ」

首をふってみたものの、彼の言う通りだった。先ほどからずっと続く刺激のせいか、薄紅色《うすべに》の突起《とっき》はすっかり硬《かた》く隆起《りゅうき》している。

ティファニーは羞恥《しゅうち》のあまり目をつぶり、顔をそむけた。すると彼は喉の奥で低く笑う。

「もっともっと気持ちよくしてやろうな」

指先でくりくりと左右に転がされ、じん…と甘い疼きが生じた。

「あっ…、ぁ…っ」

「片方だけこんなにとがらせて。さっき舐めたの、そんなによかったか」

そう言いながら、先ほどと反対側の頂を口に含む。唾液をまぶして、舌全体でざらりざらりと舐め上げ、やがてねっとりとからませてくる。

「ふぁっ、ぅ…っ、ぁん…！」

その快感がどれほど甘やかなものか、もう知っている。押しつぶし、あるいは先端を舌先でえぐられ、強く吸い上げられると、身体がびくびくとふるえ、熱い吐息がとめどなくこぼれた。

そうしながらも、勃《た》ち上がったまま放置されていたもう片方の頂を、指先で弄ばれる。

「だっ、…だめっ、両方、いじっちゃ…っ」

「わかった。両方いじるのがいいんだな」

「ちが…あぁっ」

固く凝った乳首を指の腹でくにくにとつぶされ、ティファニーは身もだえた。さらに爪を立てて引っかかれ――同時に、舌でさんざん嬲《なぶ》られていた反対の乳首に、歯を立てられる。

「きゃぁあっ…」

キリ…ッと両方の先端に発した小さくも鋭い痛みに、背を大きくのけぞらせて嬌声《きょうせい》を張り上げた。

「いい声だ」

顔を上げたライオネルは、両手でやわらかい果実を包みこみ、今度は一転してやさしく転がす。

敏感な粒もふくめ、ゆったりと捏ねまわされると、胸の奥からじわじわと甘い疼きが湧《わ》き出し、やがてティファニーの口から感じ入ったような吐息がこぼれた。

「はぁっ…、あっ…ぁ…ん」

彼はティファニーの身体について、ティファニー自身よりもよく知っているかのようだった。ゆったりとやさしい愛撫に蕩《とろ》けさせ、合間に強い刺激を少しだけ与えて啼《な》かせ、そしてまた一転しておだやかに愛し——巧《たく》みにティファニーを官能の深みへと引き込んでいく。

だめだ。こんなことを許し、受け入れてはだめだ。そんな思いは続いていたものの、幾重《いくえ》にも生じからみ合っていく快楽に、身体はすっかり呑み込まれてしまっていた。

火照って汗ばんだ肢体《したい》をくったりと横たわらせたこちらの様子に、彼は目を細める。

「おまえは生まれ変わるんだ、ティファニー。これまで知らなかったことをたくさん知って、明日からオレの恋人として生まれ変わる。…オレの愛を求めてやまない恋人になる」

その時のことを夢想しているのか、彼は幸せそうな顔でささやいた。

「オレの顔を見るたび、早く愛されたいって願うようになるんだぜ」

「…ん…っ」

「早くそうなるといいな。おまえにねだられたい。きっとかわいいだろうな。恥ずかしそうに顔を赤くして、オレの腕にしがみついてきて、部屋に引っ張り込むんだ」

ゴツゴツとした手の中で、やわらかな双丘《そうきゅう》をなおも捏ねまわしながら、時折両の指先でくにくにと屹立《きつりつ》した頂を押しつぶす。

「んぅ…！」

「オレはたぶんメロメロになってそれに応える。だって小鳥みたいなこの声で誘惑《ゆうわく》なんかされたら…──あぁ、だめだ。想像するだけでやばい──」

「やぁ…ぁっ…」

ふいに、胸をつかむ手に力がこもった。とたん、そこから発した甘苦しい疼きにティファニーの身体はびくびくと反《そ》り──そしていつの間にか、生まれた快感は腰だけに留まらず、下肢《かし》の一点にまで達《たっ》するようになっていた。

しかも気づけばそこは、なにやらぬれているような感触がある。もしかしたら、知らぬうちに粗相《そそう》をしてしまったのかもしれない。ティファニーは焦《あせ》って両脚を固く閉じた。

「あ、あの…」

「んー？」

肋骨《あばらぼね》の筋を舌でたどりながら、ライオネルが応じる。舌を尖《とが》らせての愛撫がくすぐったくて、ティファニーは身を縮めた。

「ひゃっ、あ…」

と、またしても下肢で何かがにじみ出す。

「だめっ、…だめっ、放して。わたし…あ、あっ、はぁん…っ」

気ままに肌をたどっていた舌の感触が、ふいに臍《へそ》の中に潜《もぐ》り込んだ。弾力のある舌先でそこをえぐるように刺激され、ティファニーが小さくあえぐ。その様子に彼はちらりと笑った。

「まるで楽器を奏《かな》でてる気分だ」

「ちがうのっ、わ、…わたし、粗相を…っ」

「粗相？」

やっとのことで恥ずかしい事象《じしょう》を訴えると、彼は焦るでもなく身を起こし、ティファニーの脚の付け根に目をやった。そしてぺろりとくちびるを舐めると、膝頭《ひざがしら》に手を置き、無造作にそれを割り開く。

「きゃぁ…っ」

抵抗する間もなく左右に大きく開かれてしまい、ティファニーは本日何度目かの、大きな動揺にふたたび襲われた。

部屋の明かりは、天上から吊るされているカンテラのみ。薄暗いとはいえ、さえぎるものもなく、そんな場所をまじまじと見られてしまい、思わず両手をそこに持っていく。

「やぁ…見ないで…っ」

必死に隠そうとするも、両手はうるさげに払われてしまった。

「こいつぁいい。胸だけでこれか。敏感なんだな…」

「あぁぁ…っ」

無骨な指が、自分自身ですらどうなっているのかわからない場所を、すぅっとなぞる。

えもいわれぬ感覚に、びくびくと身体がこわばった。何ということだろう。もうこれ以上気持ちのいいことはないと、思うそばから新しい快感を教えられる。

（いや——こわいっ…）

脚を閉じようとするも、間に入り込んだ彼の身体が邪魔《じゃま》でかなわない。彼の指先は、容赦《ようしゃ》のない動きでそこをくちゅくちゅとくすぐった。

「あっ、あっ、…ぁっ…ぁっ」

熱く淫らな刺激が、続けざまに甘く弾け、はしたない声がとめどなくこぼれた。

阻止《そし》しようとするこちらの手をものともせず、ライオネルはくちゅくちゅとそこを嬲るのを止めようとしない。首を左右にふるティファニーの瞳には、ついに涙があふれた。

「いやぁっ、あぁ…っ、そ、そんなとこ、…さわっちゃ、だめぇ…っ」

「心配するな。これは粗相じゃねぇよ。おまえの身体が、オレの愛撫に悦《よろこ》んでる証拠だ。ここにオレを咥《くわ》えこむのを、いまかいまかと待ちわびている」

ここ、と言いながら、彼は指を上下に動かした。そのとたん、ティファニーの大腿《だいたい》がびくりと痙攣《けいれん》する。

「やぁんっ」

「かわいいな、ティファニー。不安そうな顔も、蕩けた顔も、啼き声も。何もかもかわいい」

野性味の強い強面《こわもて》に、それこそ蕩けるように幸せそうな笑みを浮かべ、彼はティファニーの左の大腿を抱え込む。そして内側のやわらかい部分を、歯を立てずにくちびるで食《は》んできた。

…まるで、本当に食べてしまいたいとでもいうかのように。

「あっ…、あぁっ…」

大きく口をあけてほおばり、ねっとりと舐めてくる。内腿《うちもも》はひどく敏感な場所だという、自分でも知らなかったことを、またひとつ教えられた。遠慮も容赦もない濃厚な口づけに、ぞくりとした愉悦が生まれては、ひざから先がぴくりと跳《は》ねる。

口づけは内腿の筋をたどるように、次第に脚の付け根に近づいてきた。そしてついに、自分の身体のもっとも秘《ひ》めやかな場所が、彼の目の前にさらされる。

「…やぁぁ…っ」

ティファニーはその現実を追い出すように、きつく目を閉じた。と、ちゅく…とその部分にふれられる感覚に肩をゆらす。

「…あっ」

「これじゃあまだ足りないかな」

そんな声に薄目を開ければ、彼はティファニーの両脚の間にふれた指を見ているようだった。

「ここ、うんとやわらかくしとかないとならないからな。オレのを受け入れるの、最初だけちょっとキツイかもしれないから…」

（いや――っ）

何を言っているのかわからない。

男女が結婚すれば睦《むつ》み合うものだということは知っていた。けれどそれがどういうものなのか、具体的な知識はない。わからないなりに、本能的な恐怖となってティファニーの身をすくませる。

なんとか閉じようとあがく脚を、ライオネルは造作《ぞうさ》もなく押さえつけ、さらに大きく開かせた。

「いやぁぁっ…、…お、お願い…、もう、やめて…っ」

「大丈夫。無理はしねぇよ。その前にちゃんといい気持ちにしてやる」

何を根拠にしてか、彼は自信たっぷりに言い、そして——慎《つつ》ましやかに閉じられていた淫唇《いんしん》に指をかけ、それをぱっくりと左右に開いた。とたん、ひやりとした空気を感じる。どうやらひどくぬれていたのはそこだったようだ。

「…ぁ、そんな…っ」

直後、ティファニーはとまどいの声を「ひっ」と呑み込む。

なんとライオネルは、蜜《みつ》をたたえる秘裂《ひれつ》を舐め始めたのだ。

「なっ、…あ、やぁぁっ、それ…っ」

ぴちゃぴちゃと音をさせて、舌は秘裂の溝をえぐるように上下にうごめく。熱く弾力のある感触が、ぬらりひらりと行き来すると、下腹部が自然に波打ち、脚を閉じようとしていた大腿から、あっさり力が抜けてしまった。

「あぁあっ、いやっ…いや、ぁあぁ…っ」

強烈すぎる快感に、下肢が燃えるように熱くなった。ティファニーはあられもない声をまき散らし、しっとりと汗にぬれた身体をしどけなくくねらせる。

「色っぽく腰をふって。そんなに気持ちいいか」

ライオネルはくつくつと笑い、興《きょう》が乗ったかのように、いっそう熱を込めてそこを舐めすった。ぐちゅぐちゅという卑猥《ひわい》な水音に、ティファニーはただでさえくらくらしている頭をふって、甲高《かんだか》い声を張り上げる。

「あぁあっ、やぁあっ、もう…、あぁぁ…っ」

残酷《ざんこく》なほど甘い行為に、腰の奥までもひどく痺れてしまう。ひくひくとわななく蜜口からは、泉のようにとめどなく蜜があふれ出してきた。にもかかわらず、

「こっちも忘れちゃならないな」

穏やかならぬつぶやきと共に、彼はぬれそぼった淫唇を指でさらに押し拡げる。そして口淫《こういん》のせいで固く屹立した秘玉《ひぎょく》をぺろりと舐めた。

「ひあぁ、ぁ…っ」

それだけで、腰がびくりと大げさなほど跳ねてしまう。彼は喉の奥で愉《たの》しげに笑った。

「イイ声、聞かせろよ」

簡潔《かんけつ》に言うや、ぱくりと口に含む。

「いやっ…いやぁあっ…やぁっ、——やめてぇぇ…っ」

剝《む》き出しになった核芯《かくしん》を、ぬめった舌で押しつぶすように舐められると、激しい愉悦が生じて身体がガクガクとこわばってしまう。なのに腰は、熱しすぎてぐずぐずと溶けてしまいそうな心地だった。

「あ、あぁっ…だめぇ、あっ、あ…あぁぁっ…!」

ころころと舐め転がされ、下肢の奥で膨《ふく》れ上がった痺れるような快感が、やんわりと甘嚙みされるに至って淫らに爆《は》ぜる。こらえきれないほどの快感を幾度も味わわされ、頭が朦朧《もうろう》としてきても、彼は口淫を止めようとはしなかった。

「…あぁあっ、いやぁ…あぁんっ、ぁ…も、だめぇ…!」

「おねだりする声がかわいいな。…ったく、たまんない」

溶けてしまいそうに感じる腰は、実際には淫らにのたうっている。

ティファニーの意志に反して暴れる腰を、ライオネルはがっしりとつかんで押さえ込んだ。そして仕上げとばかり秘玉をきつく吸い上げる。

「——‼」

もはや、声も出ない。

全身を貫《つらぬ》く快感に、ティファニーは上体をしならせて痙攣し、絶頂へ駆け昇った。頭が真っ白になり、爪先《つまさき》までぴんと力がこもる。

「あっ、…ぁっ…」

短い間にも、愉悦の波は頭から足の先まで何度も行き交い、肌という肌を官能の熾火《おきび》で灼《や》いていく。身体中を満たしたそれが四肢《しし》から徐々に去っていくまでには、しばらくの時間がかかった。

「――はぁっ、…はぁっ、…」

胸を大きく上下させて息をするティファニーの脚の間から、ライオネルがのっそりと身を起こす。泣きぬれた瞳でそれを見上げると、彼は満足そうな笑みを見せた。

ぬらりと光る官能的なくちびるが、淫靡な笑みを刷《は》く。

「どうだ、初めての天国は？　よくてよくてたまんなかっただろう？」

（――天国？）

あの目がくらむような、快楽の大波によって高く放り出された状態のことだろうか。

ぼんやりと考えながら、ティファニーは浜辺に打ち上げられた人魚のように、ぐったりとベッドに横たわった。

強い衝撃の連続に、意識はいまにも失われそうだった。なのに、不穏な声はなおも愉しげに響く。

「よく準備を調《ととの》えておかないと、後がつらいからな」

（まだ…何かするの――？）

もう充分だ。

そもそもティファニーは、快感というものを今日まで知らなかった。そして今日初めてそれを知ったのである。

穏やかで変化のない日々を淡々《たんたん》と送ってきた身にしてみれば、それだけでも充分衝撃的だというのに、次から次へと様々な快楽を教えられ、困惑するばかりだった。喜びよりも、尻込みする気持ちのほうが大きくて、泣きたくなる。

「も、だめ…。もう無理よ…っ」

これ以上は耐えられない。熱に朦朧としながらも、先ほどから何度も感じていることを、ふたたび訴える。けれど彼は頓着《とんちゃく》しなかった。

「いまになって怖《お》じ気《け》づいたのか？　…大丈夫だ、こわくない。うんとやさしくしてやる。オレにまかせておけ」

わかるようなわからないようなことを言って、彼はティファニーの両脚をぐいっと胸のほうへ押し上げる。そしてわずかに浮いた腰の下に、先ほど脱いだ衣服を丸めて押し込んできた。ぬれそぼっている秘処《ひしょ》が上に向けてさらされた状態である。

「あ…やっ――いやぁ…」

恥ずかしさと、今度は何をされるのかという不安に、ティファニーはゆるゆると首をふる。

ライオネルが苦笑した。

「そんな顔を見せちゃだめだ。せっかく慎重《しんちょう》にやってるのに――めちゃくちゃにしたくなる」

「やだ…もう、や…」

泣きぬれた瞳を向け、懇願《こんがん》するように言うと、ライオネルはごくりと喉を鳴らす。

「やめろって。…オレの理性を試すなよ」

そう言うなり、彼は蜜口に指を差し入れてきた。

「…あぁ…っ」

絶頂の余韻《よいん》にひくつくそこを、指はぐちゅぐちゅとかき混ぜる。

「よし。とろとろにやわらかくなった…」

つぶやきながら、くすぐるように中で指を踊らせる。

「ん、ぁ…やぁ…っ」

「いま、きゅっと締《し》まった。わかるか?」

フッと笑い、彼はちゅく…と、音を立てて指を抜いた。そして手をティファニーの膝頭に置く。指をぬらす蜜が糸を引き、ティファニーの内股《うちまた》にひと筋、冷たい線が伝った。

「たっぷり奉仕《ほうし》したんだ。次はオレがイイ思いさせてもらうぜ」

宣告すると、彼はティファニーの両脚を折りたたみ、胸に押しつけるようにしてのしかかってくる。巌《いわお》のように大きな身体の重さに、押しつぶされそうになった。

しかしティファニーはそれよりも、身体の重みを利用して、蜜口に押し入ってきたものの気配に目を見開く。

「んぅっ…あっ…あぁっ！」

灼熱《しやくねつ》の塊《かたまり》のような、巨大な何かが――ゆっくりと埋め込まれてくる。せまい蜜洞《みつどう》をみっしりと、苦しいほどに押し拡げ、それは少しずつ…けれど強引に奥へと向かっていた。

いまのいままで、悩ましい快楽を発していたばかりのそこが、いまや鋭い痛みに悲鳴を上げている。

「やぁ！　…いたっ――いたぁい！　…た、助け…っ」

「やっぱキツイか？　最初だけしんぼうしてくれ」

口調は申し訳なさそうであるものの、彼にはそれを容赦するつもりは毛頭《もうとう》ないようだった。反射的に上にずり上がって逃げようとするティファニーの身体を、肩をつかんで押さえつけ、かえってぐっと引き寄せる。と、硬い灼熱がさらにみちみちと押し入ってくる。

「あぁぁ…っ」

逃れられない痛みに、ティファニーの瞳からぽろぽろと涙がこぼれた。ライオネルはそれを指でぬぐいながら、「はぁ…」と、せつなげな吐息をつく。

「泣くなよ。…オレだってうんと我慢してるんだぜ。オレのは、まぁ…身体の大きさに見合ってるから、初めての娘には向いてないかもしれないが…」

「やだ、取っ…、て――…っ」

ティファニーは、相手の胸に手をつき、無意識に押しやろうとした。けれど鉄板のようなそれはびくともしない。

「ここを通らないと、おまえの望むものは手に入らないんだ。いまだけこらえてくれ」

彼は、言いわけ口調で早口に言う。そしてせめてとばかり、大量にあふれた蜜を、指で何度も、いっぱいに拡がる蜜口になすりつけてきた。

ぬるぬるとしたすべりを借りて、滾《たぎ》った欲望は進んでは引いてをくり返し、次第に奥まで埋め込まれてくる。しばらくしてライオネルは動きを止めた。

彼は息をつき、上体をひくつかせるティファニーの、胸の果実を手のひらで包み、愛撫を始める。指できゅうっと先端を引っ張り、口にふくんでゆるりと転がし、吸い上げる。

「ん、んん…っ」

なだめるような愛撫は、下腹部を苛《さいな》むものとは対照的に、甘くおだやかな悦びをティファニーにもたらした。淫猥《いんわい》な舌がふくらみに吸いつく音と、巧みに快感を引き出す指技《しぎ》に、しだいに胸の奥でじわりと甘やかな波が起こり、さざ波となって肌を粟立《あわだ》たせる。

「は…っ」

知らずにもれた吐息は、胸を食む口からこぼれた、乱れた息と重なった。

力の抜けた頃を見計らい、下肢に挿《い》れられたものが、じゅく…、と一度引き抜かれ、また入ってくる。

「んっ、あ…、はぁ…っ」

その動きには疼痛《とうつう》がともなったが、最初のときほどの衝撃はなかった。それでも奥まで挿《さ》し込まれた、ずっしりとした重量感は相当のものだ。苦しいの一言に尽きる。

「く…う…」

苦悶《くもん》に眉根《まゆね》を寄せるティファニーを、彼は苦い笑みで見下ろした。

「おまえにとって、この時間が早く過ぎればいいんだが…」

大きな手で汗ばんだ額《ひたい》をなでてきながら、しわの寄った眉間《みけん》にキスをしてくる。それから首筋に顔をうずめ、やわらかいところを、ついばむように口づけてきた。くすぐったくも、やさしい感触にぴくりと肩をすくめる。

ふくらみをおおう手の動きも相変わらずゆるやかで、額から離れた手は腰にまわされ、力が入ってこわばっている部分を、なだめるようになでまわしてくる。——まるで、ティファニーのことが大切で大切でしかたがないとでもいうかのように。

(そんな…そんなはずないわ。わたしのことが大切なら、いやだって言うことを無理やりしたりしないはず…)

とはいえ時間が経《た》つにつれ、次第に苦痛はやわらいでいった。痛みは疼くような痺れに転じていき、それは彼がゆったりと腰を突きあげてくるたびに、それまでなかった不可思議な余韻までともない始める。

蜜洞の奥がむずむずとうごめきだすに至って、ライオネルは様子をうかがうように、軽く腰をゆらした。と、ざわりと、刷《はだ》くような甘い痺れが下腹部にひるがえる。

「あぁっ…や、…なに——、はぁっ、…っ」

「いい子だ、ティファニー。よく我慢したな」

自分の内部が、意志に反して勝手に動く感触にとまどってしまう。そんなティファニーの顔に幾度もキスを降らせて、彼は上機嫌でささやいた。そのまま前へ身体を倒し、敏感に勃《た》ち上がっている花芽を押しつぶすほどに下肢を押しつけ、ずぶりと深く貫いてくる。

「あぁあっ…」

その衝撃に脚がビクビクとこわばり、目の前に火花が散った。圧迫感を少しでも散らそうと、無意識に動いた腰に合わせ、彼もまた腰を押しまわしてくる。

「あぁあっ、…やぁっ、それ…っ」

ぐちゅぐちゅと恥ずかしい音をたてて陰唇《いんしん》を蹂躙《じゅうりん》しながら、ライオネルはゆったりとほほ笑んだ。

「いいぞ。オレもだんだん良くなってきた」

隘路《あいろ》を慣らし、またその狭《せま》さを味わうように、蜜にまみれてぬるついた肉茎を引き抜き、そしてじゅぶじゅぶと埋め込むことをくり返す。

そのたびにこすられる媚壁《びへき》は、じんじんと痺れて、ティファニーの腰の奥に甘やかな火を灯していった。ざわりざわりとさざめく愉悦に絶え間なく襲われ、媚壁がひくひくと収縮する。

「あぁんっ、…んっ…あ、あぁぁ…っ」

静かな寝室に、くり返し寝台がきしむ音と、じゅくじゅくと響く淫らな水音、そして自分のものとも思えない、高く甘えた声が響きわたった。

「あぁぁ…ん、ふっ…、はぁ…っ」

重なってくる汗ばんだ熱い身体の感触と、濃密《のうみつ》な汗のにおいと、相手のひそやかな息づかい。…その場を満たすあらゆるものに、身体の感覚が研《と》ぎ澄まされ、ざわざわと肌を這う熱となって、初めて知る欲望を昂《たか》ぶらされていく。

しだいにとろりとしていくティファニーの顔を見つめ、ライオネルが愛《いと》しげに目を細めた。

「これが愛し合うってことだ。オレを見ておまえの身体が熱くなったのは、これを期待していたからなのさ」

決めつけるセリフを、ティファニーは心の中で否定する。彼を見た時に、まず感じたのは緊張だった。不穏に輝く灰色の瞳は狼《おおかみ》のようで、いまにも食べられてしまいそうな気分になった。

そしていま、その予感は正しかったのだと感じる。

ずん、とためらいなく打ちつけられた雄《おす》の切っ先が奥を穿《うが》った。

「い、あぁ…んっ」

続けて発した強い刺激に、背をのけぞらせる。ライオネルはフッと笑った。

「こうやって男に征服される歓《よろこ》びを味わいたいって、身体がおまえに告げたんだ。…どうだ。いいもんだろう?」

慣れてきたことを察したのか、抽挿《ちゅうそう》は次第に気ままなものになっていった。彼は、ティファニーの両のひざをつかんで大きく開かせ、身体全体でのしかかるようにして、ずくずくと小刻みに突きあげてくる。硬く滾った肉茎の存在感のみならず、身体の重みによって、抽挿は下腹部の奥深くまで痺れるほどに響いてきた。

「ひぁっ…、あっ、…ぁぁ、…あっ、…あんっ」

からみつく蜜壁《みつへき》の中を、張り出した切っ先で何度もこすられ、ガツガツと奥を突かれ、なすすべもなく揺さぶられていた身体は、そのたびに発する淫猥な感覚に呑み込まれていく。そしてある瞬間。

少しずつ角度を変えていた先端の動きに、媚壁がひときわ妖《あや》しくうごめいた。彼は何かをこらえるように眉《まゆ》を寄せ、それからぺろりと肉厚なくちびるを舐める。

「ようやく見つけた」

「あぁっ…、やぁっ、そこ…っ」

「ここがおまえの秘密の場所のようだ」

「やぁぁっ、…あっ、あぁぁ…っ」

感じやすい箇所ばかりをねらって責められ、嬌声が止まらなくなった。

彼のものを深々と受け入れた下腹部をのぞき、身体中がひくひくと勝手にのたうってしまう。腰の奥で発したはずの鋭い愉悦は、身の内を満たす熱をあおった後に、自重で奔放《ほんぽう》にゆれる胸の頂まで届き、そこでちりっと弾けた。

つんと勃ち上がったそれに、ライオネルの手が何気《なにげ》なくふれたとたん、「ひぁんっ」と、またはしたない大きな声がもれる。びくりと背を反らせる様子からか、それとも手のひらに当った粒の硬さゆえか――彼はそれまでの余裕をかなぐり捨てる仕草で、それにむしゃぶりつく。まるで獣が獲物を食べるかのように、やわらかな果実をほおばり、屹立した先端を荒々しい舌でねぶった。

「あっ、やぁぁっ…りょ、両方、だめぇ…!」

だめと言いながら胸を突き出していることにも気づかず、ティファニーは、ただ翻弄《ほんろう》されるままにみだりがましい声を張り上げる。

彼は乳首をくわえながら、情欲に浮かされた目線をゆらりと上げた。

「そうか、同時にされるのがいいのか…」

しゃべった、その拍子に敏感な先端を歯で軽く嚙まれ、鋭い衝撃が背筋を駆け抜けていく。

「や、あぁあぁ…っ」

その瞬間、強く深い官能に脳髄《のうずい》を灼《や》かれ、ティファニーは彼の雄に貫かれたまま、びくびくと全身をこわばらせた。ねぶられたままの乳首がさらに硬く凝《こ》り、そして奥までずっしりと埋め込まれている肉茎を、ひくつく蜜壁で淫らに締め上げる。

「っあ」

短くうめいて、ライオネルが顔をしかめた。

「おいおい…。初めてのくせに、オレをやっつけるつもりか？」

軽く笑い、彼はからかうように腰を揺らして押しまわす。蜜にまみれた陰唇がグチュグチュとかきまわされ、ティファニーの腰もいやらしくくねってしまった。

「やだぁ…、それ、やぁぁぁ…っ」

「嘘《うそ》はいけねぇな。小さな口で、こんなにかわいくしゃぶってるくせに」

ライオネルは、すっかり滑らかになったそこを、いよいよ本格的に責め立ててきた。

「あぁっ、…んぅっ、…あぁっ…、あぁぁっ…」

ずしりと重く熱く猛《たけ》ったものが、幾度もくり返し中を行き来する。脈打つそれはひどくごつごつとしていて、引き抜く際にも、押し入れる際にも蜜壁をこすり上げ、たまらない快感を送り込んできた。さらにたくましく重い衝撃に、奥の奥まで穿《うが》たれるたび、そこが強い愉悦を発して背筋がのけぞるほど感じてしまう。

「あんっ、…はぁっ…、あぁん、…ぁん…っ」

「気持ちいいか？　顔も、白い肌も真っ赤にして…。平らな薄紅だった乳首を、そんなに紅《あか》く勃たせて──って、それはオレが吸いすぎたせいだな」

髪を振り乱して細切《こまぎ》れの嬌声を上げるティファニーの姿に、ライオネルは、くくっ…と喉の奥で笑った。

「ティファニー、ティファニー…。ついさっきまでは何も知らない無垢《むく》な妖精だったのに。いまは大事なとこにオレのを咥《くわ》えこんで、こんなに淫らにもだえてる。…たまらない。たまらなくかわいいな、おまえ…」

勢いを得たライオネルの腰づかいは、もはやすっかり遠慮をなくし、ガツガツとそれまでよりも強く打ちつけてくる。しかしその際、先ほど見つけた、奥にある弱い場所をねらうことも忘れなかった。

「あぁぁっ、ん、…そこ、だ、だめっ…ふぁっ、…あぁぁっ、ぁん」

声は、信じられないほど甘ったるく響いた。しかし実際、そこをつつかれるたび、ぞっとするほど甘美な痺れが、次から次へと背筋を駆け抜けていく。絶え間なく訪れる愉悦のうねりは、くり返されるうち次第に重ね合わさっていき、気持ちのよさに気が遠くなりそうだった。

ふいに意識がどこかに流されてしまいそうに感じ、力の入らない手で敷布をつかむ。上も下もわからない、大波に呑み込まれたような快楽をこらえていると、ライオネルが突然膝立ちになって、ティファニーの腰を持ち上げてきた。

「とろとろになって…、オレのを根元まで全部呑み込んでる。…ほら、見えるか?」

問われ、ついそこに目を向けてしまう。決して明るくはないカンテラの光の中、自分の秘処がライオネルの下肢から生えているものを受け入れていることだけは、しっかりと視認できた。蜜にまみれた黒い肉塊《にくかい》によって、蜜口は信じられないほど大きく拡げられている。

「やぁ…！　…み、見せない、で——」

ティファニーは、ぎゅっと目を閉じて目にした光景を追い払う。けれどその卑猥な絵は、目《ま》蓋《ぶた》の裏に焼きついてしまい離れなかった。目眩《めまい》がするほどの羞恥にふるえてしまう。ちょうどその時、ずぶぶっ、と当の肉茎を奥まで押し込まれ、思わず声が迸《ほとばし》った。

「ひぁぁぁあっ…ぁ、んっ」

「たまんない…っ」

ライオネルもまた、熱に浮かされたように、かすれた声でささやく。

「…奥まで蕩《とろ》けた襞《ひだ》がいっせいに締めつけてくる…」

そしてその蕩けた襞を自分の雄で幾度もかき分け、じゅぶじゅぶと執拗《しつよう》に突きまわしてきた。

「いつまでも味わっていたい」

「あぁ…っ、いやっ…、いやぁぁっ…」

感じる場所ばかりを切っ先でくり返しえぐられ、ティファニーは悩ましく身体をくねらせる。

「よしよし。イイんだな。オレのをすっかり気に入ったな」

満足げに言うなり、彼はティファニーの腰をつかみ、熱く滾った楔《くさび》をみっしりと奥まで押し込むと、体重をかけてぐりぐりと最奥を穿ってきた。

絶え間なく弾ける快楽に、つかまれた腰がガクガクとふるえてしまう。したたり、跳ね散るほどに愛液《あいえき》があふれ出してくる。

「やぁ、ぁぁぁあぁん…っ」

悲鳴を上げたティファニーは、媚壁をぎゅぅっと強く収縮させて、新たにせり上がってきた絶頂に身を打ちふるわせた。

その感触に、ライオネルが恍惚《こうこつ》のため息をつく。

「熱くて、きつくて、やわらかい…」

ひとつひとつ、嚙みしめるようにつぶやく。

呑み込んだまま、ティファニーはすでに二回も達《たっ》したというのに、彼の昂ぶりはまだ硬度《こうど》を保ったままだった。

ぐん、と反り返った重い肉茎は、達したばかりでひくつく蜜口を、グチュグチュと飽きずに味わう。

「あっ、…あぁっ、も…、やっ、もうやめ――…あっ」

何度もくり返し突き上げられ、もはや力つきたティファニーは、小鳥のように細い啼き声を切れ切れにこぼし続けた。けれど蜜洞はそれとは裏腹に、なおも誘い込むかのように、妖しくうねって中のものにからみついている。そしてそれこそが、いつまでたっても彼が動きを止め

ない理由であるようだった。

時折身もだえるティファニーの胸のふくらみを、彼はつかんで揉みしだき、あるいは歯を立てずに噛みつき、吸い上げ、その刺激にビクビクとうねる内壁《うちへき》を、自身のもので飽きずに押し開く。

「んっ、…あぁっ…、はぁ…、ぁんっ」

ぐちゅぐちゅと壁をこすられる感触は、疲れ切ったティファニーをも甘く責め苛《さいな》む。思考が溶けて朦朧とした意識が、ふとした瞬間に、強い愉悦に呼び覚まされる。

「…ふぁっ…ぁっ…」

「オレのすること全部に乱れて。…快感に素直な、いい身体だ。ティファニー」

ささやき声までもが甘く、胸の奥をくすぐってくる。こんなふうに、誰かにやさしく名前を呼ばれたことはない。

彼の声は好きだ。と、ふと感じた。そして、まるで値高いものでもあるかのように、熱を込めて名前を呼ばれるのも。

それがこの、甘美な熱に溺《おぼ》れるような責め苦の対価なのだとしても、今後目の前に差し出された時、手をのばさずにいられるかどうか…。

(だって、もう――)

もう、知らなかった頃には戻れない。彼が言う通り、自分はもう無垢ではないのだ。

ティファニーのそこは、ライオネルの雄の苦しいほどの大きさや、凹凸《おうとつ》や熱を、すっかり覚えてしまった。ずっしりとした重いもので、蜜洞を埋め尽くされることにもなじんでしまった。

穿たれると激しい愉悦が発し、引き抜かれると、ぞくぞくとした痺れが下肢を這うことを、知ってしまった。

「んっ、…ん、ぁっ…はぁ、ぁ…っ」

全身を汗でしっとりとぬらして、ティファニーはピクリピクリと身をふるわせる。いつ果てるともしれない淫蕩《いんとう》な昂ぶりに、息も絶え絶えだった。

どうにかして、一向に収まる様子なく下肢を貫いてくるマグマから解放してもらいたい。

しかしティファニーが慣れてきたいま、ライオネルは逆に、さらに愉しみたいとでもいうかのようだった。先ほどよりもゆったりとした動きで、緩慢《かんまん》に腰を進めてくる。

それは勢いにまかせた動きよりも、おだやかに、染み込むような、新しい官能をティファニーにもたらした。

「はぁ…んっ、ふぅ…っ…」

彼のものが引き抜かれようとすると、媚壁はじゅくりと音を立てて、淫らがましくまとわりつく。挿し込まれてくると、蕩けて吸いつき、奥へ奥へと誘うようにうねる。そして自らからみつき、締めつける。――どこまでも深く迎え入れるのだ。

ライオネルが、うなるように低く笑う。

「イイな…、とんでもなく気持ちいい。…どうやらオレたち、相性がいいみたいだ」

勝手なことを言い、彼はこちらの脚を抱え込むようにして、ずぅん…と根本まで押し込んできた。

何度目かわからぬ深い抽挿に最奥を穿たれ——特に感じる場所をこすりたてるように、ぐりぐりと腰を押しまわされ、ティファニーの内奥《ないおう》からも、泉のように快感があふれ出してくる。

「い、やゃぁあっ…」

溶けた蠟《ろう》のように熱い壁は、ひとりでに収縮し、ぐぷぐぷと蜜をこぼして悦んでいた。

「この、吸いつかれてる感じがたまんねぇな。いつまでも味わっていたくなる…」

「あっ、ぁん…、もう、いやぁ…っ」

ティファニーは感じきった声を上げながらも、力なく首をふる。

「もう…、もうだめ、なのっ…」

早く。一刻も早く、身体中を燃え立たせるような、この淫猥な感覚から逃れたい。

涙をこぼして訴えると、ライオネルはつまらなそうにうなった。

「もっと堪能《たんのう》したかったが…まぁ最初はこんなもんか」

自らのものを押し入れたまま、彼はティファニーの顔の横に手を置く。そしておおいかぶさるような体勢で、灰色の眼差しを挑発的に光らせた。

「ティファニー。これで納得したろう?」

「…え…？」

「たっぷりいい思いできるとわかったろう？　おまえ、オレのものになるな？」

そのとんでもない問いに、力なくではあったものの、反射的に首をふる。

「な、…ならな、い…っ」

「は？　ならしばらくこのままだ」

彼はくつくつと笑った。

「オレは別にどっちでもかまわないんだぜ。まだまだ楽しめるからな」

言うや、彼は膨れ上がった雄で、やわらかな蜜壺《みつつぼ》をゆさぶった。

「ひぁ、ぁ、…ぁん…っ」

さらに、ぴくぴくとふるえるティファニーの耳元へ顔を近づけ、ちゅく…と耳朶《じだ》を食む。そして情欲にぬれた声を注《そそ》ぎ込んできた。

「オレの味を覚えたんだ。もう他の男のもんじゃ満足できないぞ」

「は、…っ」

「達《い》きたくてしかたがないんだろう？　ほんのひと言でいいんだ。うん、って言っちまいな」

「いや…ぁ…っ」

「なぁ、言ってくれよ。そうすればオレも…コレも、全部おまえのものにするから」

コレ、と言いつつ、すでに最奥に達している昂ぶりを、ぐりぐりと押しつけてくる。

「この先、おまえが望むだけ何度でもかわいがって、天国に連れていってやるから。な?」

「やぁ、…ぁ、ぁ…っ」

「ほら、言えよ。ライオネルのものになる…って」

耳元で、声をひそめて、くり返し。彼は悪魔のようにささやいてくる。

奥を穿ち、感じる場所をずくずくと揺さぶりながら。

「ライオネルのものになる」

頭の中をその言葉で埋めていく。それ以外、何も考えられなくするほどに。

「やぁ…ぁ、…ぁ」

硬い先端に幾度となく突かれた腰の奥で、ふたたび淫らな熱が膨れ上がり、いまにも弾けそうになった。高みへ向かう予感に、身体がひくひくとふるえる。――だが。

それはあと少しのところで、意地悪く引き抜かれてしまう。最奥に当たるもののないまま、彼は口づけてきた。

舌をからめ合わせ深くまで貪《むさぼ》る、淫靡《いんび》な口づけ。

「ほら。オレがほしいんだろう?」

唾液をたっぷりからめて舐め上げ、熱く昂ぶらせたところで放し、合間にささやいてくる。

「いま、おまえを助けることができるのは、オレだけなんだぜ?」

「は、ぁ…っ」

そして舌を強く吸い上げながら、手で胸の頂をいじる。

その刺激に蜜洞がきゅん、と縮まった。けれどそれは、中途半端なところに留まる彼のものにからみついただけ。

奥に何もないもどかしさに耐えかね、焦《じ》れたように腰がゆれる。

「それともなんだ？　こっちをいじってやったほうが素直になれるか？」

ふいに指で無造作に花芽をつままれ、腰が跳ねた。

「きゃぁぁっ、ぁん…」

ぬるんと暴れる芽を、蜜液《みつえき》をすくい上げた指が、何度も追いかけて押しつぶす。

「んっ、…やっ、やめ…っ、やめてぇ…っ、はぁんっ」

「気に入ったみたいだな」

己を半分以上埋めたまま、ライオネルは不埒《ふらち》な悪戯《いたずら》をくり返した。彼は遊んでいるのだ。逆にティファニーはもう限界だった。

「も、許して…、いやっ、…いやぁ…っ」

涙のあふれるティファニーの青い瞳を間近で見つめながら、彼はふたたび奥まで腰を進めてくる。

切っ先に奥を突かれ、甘苦しい愉悦が腰の芯から湧き上がる。

「あ、あ…ライオネル…ライオネル…っ」

せつなく名前を呼び、身も世もなく懇願した。先ほどは押しやったはずの、ゴツゴツとして大きな身体に、我知らずしがみつく。

ライオネルはこちらの身体を、包み込むように、大切そうに抱きしめてきた。

「降参だろう？　ティファニー、こんなに泣いて。かわいそうに…」

同情する言葉とは裏腹に、口調は笑みをこらえている様子だった。

「ほら、あと少しでおまえのほしいものが手に入るんだぜ」

ほら、という言葉とともに、再度ずん、と打ちつけてくる。

「あぁっ、あ…、もう、…突いちゃ、だめ…っ」

焦らされ、昂ぶらされた身体には、軽い衝撃でも腰が蕩けてしまいそうなほど響いてきた。それが治まる間もなく、さらに二度、三度と軽く突かれる。

「あぁっ、…あっ、ぁぁ…っ」

けれどそれも、達する前に退かれ、快楽もつかむ前にすぅっと引いていく。

「お、お願い…っ、も、もう、終わってぇ…っ」

「そのためには、どうすればいいんだ？　ん？」

「…終、わって…っ」

「終わらせろよ。方法は教えたろう？」

いやいやをするティファニーを意地悪く見下ろし、彼はじゅぶ…、じゅぶ…、とわざと音をたてるようにして、ゆっくりとかきまわした。

じれったい抜き差しに、下腹部から発する快楽も、身体の熱も、高まっていくばかりで一向に鎮《しず》まる気配がない。もう耐えられない、と思ってからどのくらい経っただろう？

「ぁ、はぁ、ライオネル――」

酒精のせいで最初から朦朧としていた意識は、激しい希求《ききゅう》の前にぐずぐずと陥落《かんらく》した。頭も、身体も、煮立ったように熱くてたまらないのだ。この甘苦しい熱から逃れるためなら何でもする。

「…もの、…なる…」

「なんて言った？　ティファニー」

「ライオネル、の…、…あぁんっ」

訊ねる声とともに小さく突き上げられ、ティファニーは熱く火照《ほて》った上半身をくねらせた。胸がふるん、とふるえる。ライオネルは、指がめり込むほど強くそれをつかんだ。

「そうだ、いい子だ」

つかんだふくらみを、うながすようにぐにぐにと押しまわしてくる。

「ほら、あとちょっとだ」

「ラ、イオネル…、もの…、なるから…ぁ…っ」

「オレのものになるって、ちゃんと言ったか？」

入念に確かめてくる言葉に、涙をこぼしながら、がくがくとうなずく。

「オレの恋人になるんだな?」

「…なる――なる、から…っ」

「よぉし!」

意気軒昂《いきけんこう》にうなずき、彼はそれまでティファニーの上にのしかかっていた身体を、のっそりと起こした。

大きな手でティファニーの細い腰をつかみ、一転して激しく突き上げてくる。続けざまに荒々しく揺さぶりたてられ、奥深くまで突きまわされた。

苦しいほどの圧迫感に最奥を何度も穿たれ、とたんにあふれ出した愉悦の波に、ティファニーまでも、それまでとは比べようもないほどに乱れもだえてしまう。

「きゃあぁぁっ、…あぁっ、あぁぁっ…」

敷布の上で、獲《と》れたての魚のように、汗ばんだ身体をのたうたせた。突き上げられるごとに、目の前に真っ白い火花が散る。腰の奥を穿つ快感はえもいわれぬほど強烈で、息が止まってしまいそうだった。

その間にも、くり返される指技に腫《は》れあがった乳首をつまみ出され、痛みを圧して生じた愉悦に全身を痙攣させる。

「ひゃぁっ、…いやっ、…それ、いやぁぁ…っ」

からみついたまままきつく締め上げたせいか、蜜壁の中の怒張《どちょう》がぐんと大きく膨れ上がった。いっそう奥まで熱を込めて責め立てながら、彼は息を乱してささやいてくる。

「オレの名前を呼べ。…呼んでくれ、ティファニー」

「ライオ、ネル…あぁ、ん…ライオネル…ッ」

その瞬間、昇りつめたティファニーは愉悦の雷に打たれる。腰の奥で溜《た》まりに溜まっていた熱が、目もくらむほど激しい快楽の奔流《ほんりゅう》となって全身を貫いた。

「や、あっ、あぁあぁぁっ…！」

絶頂に押し上げられ、びくびくとふるえるティファニーの身体に腰を打ちつけて、ライオネルの脈動《みゃくどう》もまた爆《は》ぜる。

最奥への新たな刺激に、ティファニーは達しながら、胸のふくらみをしどけなくゆらした。

「…はぁ、…あっ、あぁ…っ」

なおもぴくんぴくんと、思い出したようにふるえる細い肢体を見下ろして、彼は深く、長く満足の息をつく。ややあって、ずるり…と自らの雄を引き抜いた。

「これからもっとイイ思いをさせてやるよ。オレの真価《こうか》はこんなもんじゃないんだからな」

自信たっぷりに言う、その声を――激しすぎる交歓《こうかん》に困憊《こんぱい》し、すでに意識を手放していたティファニーが聞くことはなかった。

2章　誘惑の罠

「どういうつもりだ！」

翌朝、突然響《ひび》いた怒声《どせい》に、ティファニーはハッと目を覚ました。訳がわからないまま頭を上げると、隣の部屋からドア越しにガン！　と何かのぶつかるような音が聞こえてくる。

どうやら怒声も、隣の部屋から聞こえてきたようだ。その後、ガタガタと家具の倒れる音が続き、ティファニーは寝台の上で不安に身体《からだ》をこわばらせた。

（な、何があったの…？）

船の中にいるはずだが、あたりは明るかった。見れば天井が天窓になっていて、日の光が入ってきている。

そっと身を起こそうとしたとたん、ティファニーは下肢《かし》に走った疼痛《とうつう》にうめいた。

「……っ」

おまけに掛け布の下で、自分が何も身につけていないことに気づく。

夢であってほしかったが、昨夜凌辱《りょうじょく》されたのは、やはり現実のことのようだ。そう思い知り、薄い掛け布にくるまるようにして身体を丸める。

海賊に汚されてしまった。

（どうすればいいの…？）

そんな思いにぎゅっと目をつぶったとき、隣の部屋からくぐもった人の声が聞こえてくる。

「連れ去ってまだひと晩だぞ？　子供じゃあるまいし、いつの間にそんなに辛抱《しんぼう》きかない人間になったんだ！」

話すというよりも怒鳴《どな》っているその声は、ライオネルのものではない。

（誰だろう…？）

ティファニーは丸めていた身体を起こし、掛け布にくるまったまま、ゆっくりとベッドから降りた。隣の部屋に続くドアの前に立ったところ、それが完全には閉まっていないことに気づく。

少しだけ躊躇《ちゅうちょ》したものの、そーっと扉を開き、細い隙間《すきま》から向こうの様子をうかがった。

すると、まず目に入ったのは、木の床に尻《しり》をついているライオネルの姿だった。周りの椅子《いす》や小さなテーブルが倒れていることから、先程のガタガタという音は、彼が倒れるときにそれらを巻き込んだ音なのかもしれない、と推測する。

彼の前には、しなやかな人影が立っていた。身体の大きなライオネルと比べるとやけにほっそりとして見えてしまうが、腰に革の銃帯《じゅうたい》を巻き、短銃《ピストル》をさしている。海賊仲間だろう。

その男はずかずかとライオネルに近づくと、襟元《えりもと》をつかんで乱暴に引っ張り上げた。

「おまえはバカなのか？　ん？　この頭は顔の形をした樽《たる》で、中にはワインが詰まっているのか⁉」

男はひどく怒っている様子だった。にもかかわらず、ライオネルは笑っている。

「さすが御曹司《おんぞうし》はこんなときでも喩《たと》えに品があるな」

とたん、ガン‼　と大きな音が響き、ティファニーはびくりと肩をすくめた。男が、倒れた椅子を蹴《け》ったのだ。

「いいか。そもそも私はこの船に彼女を乗せるのには反対だったし、いつまでも置いておくなどもってのほかだ。わかっていると思うが、彼女は次に陸に降りたとき――」

そこで、男は何かに気づいたように顔を上げた。その黒い瞳《ひとみ》と、ばっちり目が合ってしまう。

「――…っ」

傷ひとつない白皙《はくせき》に、後ろでひとつに束ねた長い黒髪。よく見ると相手はまだ若い男だった。端整《たんせい》な佇《たたず》まいや理知的な細面《ほそおもて》は、とても海賊には見えない。

だが恐ろしい人間であることにまちがいはなさそうだ。彼はティファニーに向けていた、鋭利な眼差《まなざ》しを冷たく光らせて問う。

「…どこから聞いていた？」

「な、何も…。物音が聞こえたので、…それで…」

もごもごと答えたティファニーをかばうように、ライオネルが口を開いた。

「やめろ、オスカー。ティファニーにかまうな」

「いや」

オスカーと呼ばれた男は、床に座り込んでいるライオネルをまたぎ、こちらに向かってくる。そして無造作《むぞうさ》にティファニーの手首をつかんで、そちらの部屋に引っ張り込んだ。

「ちょうどいい。来い」

「や…っ」

意味を問う前に、掛け布一枚をまとっただけの姿をさらすことにまごついてしまう。しかし相手はそれにかまう様子もなく、ライオネルに目をやった。

「次に港に着いたとき、この娘は奴隷《どれい》市に売り飛ばす。だからこれ以上の手出しは無用だ。商品価値が下がる」

「そんな…！」

とあわてたのはライオネルである。立ち上がり、彼はティファニーを掛け布ごと抱きしめてきた。

「そんなのいやだよな、ティファニー？　オレといたほうがいいだろう？」

「手を放せ、ライオネル。何のつもりだ！　ついにマトモな判断力まで失ったのか？」

「おまえこそ手を放せ。勘ちがいするな。船長はオレで、おまえは副長。船の上ではオレが法律だ。意見は聞くが言いなりにはならん」

　きっぱりとした言《げん》に、オスカーは苛立《いらだ》たしげな目でライオネルとティファニーを見比べる。そして「話にならん！」と言い捨て、足音も高く去っていった。

（どういうこと？）

　いさかいの原因がよくわからない。困惑しながら、おそるおそるライオネルを見上げると、彼は相好《そうごう》をくずして見下ろしてきた。

「起きたのか。身体の調子はどうだ？　ずいぶん加減したんだが――」

　いきなりあけすけに問われ、羞恥《しゅうち》に顔が赤くなる。そもそも無理やり奪っておいて、そんなふうに声をかけるなんてどういう神経だろう？

（信じられない…っ）

　彼のおかげで自分はもう、家に帰ったところで一生結婚できないかもしれないというのに。

「――…」

　くちびるを噛《か》みしめて悲しみをこらえる。その顔を、相手は腰をかがめてのぞきこんできた。

「どうした？　顔が赤い…。熱でもあるのか？」

　額《ひたい》へのばされてきた手から、びくりと肩をふるわせて逃げる。

「ん？」

　ライオネルは大きな目でまばたきをした。

「まーだ警戒してるのか？　昨日の晩、あんなに仲を深めたのに…」

からかう口調で言い、にやりと笑う。しかしティファニーは笑うどころではない。なすすべもなく操《みさお》を奪われてしまった無念に、だまって首をふる。

彼は小さく嘆息《たんそく》した。

「なんだよ、冷たいやつだな。だが、いまのでわかったろう？　おまえの保護者はオレだ。これからはオレが、おまえについてのすべての責任を持つ。だからおまえに何かあるときは、オレが把握《はあく》してなきゃなんないんだ」

「あ、あなたは…わたしの保護者じゃ、ない…」

「これからはそうなんだよ」

居丈高《いたけだか》に言ってから、彼はなだめるように声音《こわね》を変えた。

「なぁ、いい子にしてくれよ。オレはおまえをかわいがりたいんだから。うんと甘やかして、思いっきりイチャイチャしたい。おまえだってそのほうが楽しいだろ？」

「――…」

（だめだ。言葉が通じない…）

そう悟《さと》り、途方に暮れてしまう。ティファニーが何を言っても、この相手はまともに取り合おうとはしない。

昨日だって、あんなにやめてと言い続けたのに――いやがって抵抗したのに、彼はまったくそれを気に留《と》めなかった。

大事にしたいというのは口だけ。やっていることは、こちらの意志を無視して、無体な行為を強《し》いるだけだ。

(これからずっと、これが続くの…?)

いやだ。いやだ。こんなの、耐えられない。

ティファニーの目に、涙がふくらんだ。

「わたしは…あなたの恋人じゃ、ない。…わたしは、あなたにさらわれたの…っ」

「でも昨日おまえ、オレのものになるって言ったじゃないか」

あっけらかんとした指摘に、その時のことを思い出し、かぁっと顔が赤くなる。

(あんなの…!)

言わされただけだ。あのとき自分はまともな状態ではなかった。

抗議の気持ちを込め、真っ赤になった顔で見上げると、相手は勝ち誇《ほこ》ったように笑う。

「ほら。ちゃんと覚えてる顔だ」

そしてあろうことか、彼はこの期《ご》に及んでティファニーを抱きしめようと、両腕を広げた。

とっさにその腕から身をかわし、隣の部屋へ逃げる。

「どこに行くんだ」

背後で、余裕を感じさせる声が響く。

（どこ、なんて…）

そんなの考えてはいない。ただ、彼から少しでも離れたいだけだ。

寝室に戻ったティファニーは、すばやく部屋の中を見まわし、あるものに目をつけた。胡桃《くるみ》材の、重厚で大きなクローゼットである。

そちらに駆《か》けよると、両開きの扉を開けて中に逃げ込み、扉を閉めた。

ガッ、ガッ、ガッ…、とかかとが床を打つ硬《かた》い足音と、木の床のぎしぎしときしむ音が、ゆっくりと近づいてくる。

それはクローゼットの前でぴたりと止まった。

「…いちいちかわいいことをするな。心臓がもたん」

「来ないで…っ」

「つってもな。…それで隠れたつもりか？」

あきれたような問いに、ティファニーは引っ込みかけた涙をふたたびにじませる。

彼の言葉はもっともだ。これはただのクローゼットで、内側から鍵がかかるわけでもない。

ライオネルが外から取っ手を引っ張れば、それで終わり。——けれど。

「開けないで。お願いだからほっといて…！」

「それは聞けないおねだりだな」

必死の懇願《こんがん》にも頓着《とんちゃく》せず、取っ手の引っ張られる気配がする。開きそうになった扉を、ティファニーは内側の凹凸《おうとつ》に指をかけ、必死に押さえた。

「やめて！　――、あ…あっちに行って…っ」

「ティファニー」

　こちらが押さえる力をものともせず、扉は開きそうになる。

（どうすれば――…）

不安と、焦燥《しょうそう》と、恐怖がせり上がってくる。いつ終わるともしれない、おそろしいことばかり。

　いったいなぜこんなことになったのか。どうしてこんなことが自分の身に起きるのか。

心臓か、胃か。胸の真ん中がきりきりときしんだ。痛い。苦しい。痛い…！

「あっちへ行ってってば！　大っきらい…！」

焦燥にかられて声を張り上げ、そして――そのせいで、昨日から一晩かけてふくらみきった不安と混乱が、ついに決壊《けっかい》してしまう。

「もういやぁあっ…！」

　ティファニーはとうとう、声を上げて泣き出した。子供のように大声で泣きながら、嗚咽《おえつ》の合間に、あっちへ行ってとくり返す。すると。

　外から扉を引っ張る力が、ふいに消えた。

「ティファニー…？」

つぶやきとも、呼びかけともつかない小さな声は、先ほどまでの自信などみじんも感じられないほど頼りなく。

「な、泣くな…っ」

その声音はうろたえ、困惑しきっていた。彼は懇願するように、「泣かないでくれ」ともう一度くり返す。

けれど一度爆発した感情は、そう簡単にはおさまるものではない。

ティファニーは自分でも止めようがないまま、その後いつまでも嗚咽を上げ続けた。

＋＋＋　　　＋＋＋

外は、昨夜とは打って変わって快晴だった。

紺碧《こんぺき》の海原《うなばら》はおだやかに凪《な》ぎ、周囲の船を除けば、はるか水平線までさえぎるものがない。

大小十隻《せき》の船団は、五隻前後で群れることの多い海賊としては大きな部類に入る。

甲板《かんぱん》に上がったライオネルは、並走する帆船を眺《なが》めながら終始仏頂面《ぶっちょうづら》だった。

ちょうど正午であるため、目の前では副長にして航海長でもあるオスカーが、船団の現在地を測っている。測量機を手に水平線を見る相手の邪魔《じゃま》にならないよう、少し離れたところで舷《げん》側《そく》に寄りかかり、ぶちぶちとこちらの言い分をこぼした。

聞くともなしにそれを聞いていたオスカーは、手帳に数字を書き込みながら、にべもなく返してくる。

「ようするに想いが通じたと思っていたのはおまえだけで、向こうにそんなつもりはまったくなかったってことだろう」

「いや、でも――」

「ろくに屋敷を出たこともない貴族の令嬢《れいじょう》にとって、知らない男に拐《かどわ》かされて船に連れ込まれたっていうのは、相当衝撃が大きかっただろうな」

「――…」

オスカーは都で生まれ育ち、宮廷に身を置いていた身上《しんじょう》により、上流階級の事情に精通している。

理性的で優秀な、得がたい参謀《さんぼう》である。それは確かだ。歯に衣《きぬ》着せぬ物言いもまた、その鉄《てつ》面皮《めんぴ》に見合い、耳に痛いことこの上ないが。

「だけど！」

ライオネルは、つい語調を強めて反論する。

「前の晩はそんな感じじゃなかったんだぜ？　そりゃあ…『いや』って口では言ってたけど、勢いはなかったし、抵抗だって形ばっかりって感じで…」

思い出すと、飽きずにうっとりしてしまう。それほど昨晩のティファニーはかわいかった。

まるで小鳥のようにふるえ、恥じらい、あえぎ、最後にはライオネルの名前を呼んで果てた。華奢《きゃしゃ》な彼女を壊さないよう、細心の注意を払って臨《いど》んだせいもあり、初めてだというのに女の歓《よろこ》びを存分に味わっているようだった。

その彼女が、なぜ今朝になって心を閉ざしてしまったのか——。ぴたりと固く閉められたクローゼットの扉を思い出すと、じくじくと胸が痛む。

（女心ってやつは、これだから…）

ライオネルはがりがりと頭をかいた。

これからいくらでも好きにさせて、ほしいものは何でも与えて、うんと甘やかして喜ばせるつもりだったのに。そして二人で楽しくも甘い時を味わうつもりだったのに…。

（そんなにバーナードがいいのかよ？　あの自意識過剰《かじょう》の勘ちがい野郎が？）

頭をかき混ぜながら、フン、と鼻を鳴らす。

ろくに軍務に就いた経験もない彼が、ただ由緒正しい家柄ゆえに海賊討伐艦隊《とうばつかんたい》の司令官という大役を得たことは、少し事情に通じている者であれば誰でも知っている。昨日、モードレット家の屋敷を襲ったのも、そんな彼に期待する人々の前で、思いきり鼻を明かしてやろうとしてのことだ。

仲間たちにそううそぶいて、婚約披露の夜会に乗り込んでいったものの——屋敷の広間でバーナードの前に立っているティファニーを目にした瞬間、そんな思惑はどうでもよくなってしまった。

『ロアンドの薔薇《ばら》』は、想像していたよりもずっと、ほっそりとして華奢だった。

自分が大柄《おおがら》で、普段むさくるしいものばかり目にしているせいか、ライオネルは繊細《せんさい》で儚《はかな》いものに惹《ひ》かれてしまう質《たち》である。白い花のようなドレスを身にまとった少女の姿は、まるで大砲の直撃を食らったかのような威力をもって、ライオネルの心を撃ち抜いたのである。

（うん。あのドレスは本当によく似合ってた――）

少し動くたびに、わずかに残った蠟燭《ろうそく》の光を弾《はじ》いてきらきらと光っていた。ゆるやかに波打つ見事な銀の髪は、まるで星をちりばめたかのように、宝石にも負けない輝きをもって、清楚《せいそ》な佇まいを際立たせていた。

あれほどに美しいものを、生まれてこのかた見たことがない。

心を奪われて見入っていると、彼女は混乱の中、逃げようとして頼りなくよろめいた。思わず手をのばしてそれを支え――そして顔をよく見ようとのぞきこんだ末に、青く神秘的な月長石《ちょうせき》のような瞳と目が合った。

その瞬間、頭が真っ白になり、他のことがすべて消えてしまったのである。

仕事も、目的も、その場の状況までも。しばし忘れ、彼女のことしか考えられなくなってしまった。

（ほんとに妖精かと思った。柄でもねぇ…）

月長石が人の姿を取って現れたのだと、一瞬本気で信じた。そんな埒《らち》もない考えが現実味を帯びるほど、彼女の佇まいはこれまで目にしてきた女たちと一線を画していた。

月明かりに照らされた肌は白くすべらかで、――なのに人形のように繊細に整った顔は、ほんのりと赤みを帯びて艶《つや》めいていた。瑞々《みずみず》しい瞳は、熱くうるんで誘うようにこちらを見上げていた。

抱き上げて腹をくすぐると、せつない吐息《といき》とあえかな声をこぼして身をふるわせた。まるで一刻も早くかわいがってほしいとばかりに！

いったい誰が逆らえたというのだろう？　あの、頭の奥をしびれさせるような誘惑《ゆうわく》に。見るからに無垢《むく》な美しい乙女に、官能《かんのう》を期待するような眼差しを向けられて、興奮に奮《ふる》い立たない男がいるだろうか。

手を出してしまったのは、自分でも少し気が急《せ》いていたとわかっている。けれど昨夜はモードレット家でたくさんの戦利品を手に入れ、バーナードの株を落とし、海軍の追撃をかわして逃げ切ったという高揚感《こうようかん》でいっぱいだった。

嵐に、襲撃《しゅうげき》に、恋に――いくつも重なった興奮がおさまらず、劇的な一目惚《ぼ》れを伝えるうち、気持ちがほとばしって抑《おさ》えきれなくなってしまったのだ。

そして彼女も自分を憎からず思っているはずだという、思い込みもそれを後押しした。

（ったく。やっちまったなぁ…）

若い娘は往々《おうおう》にして、積極的になるのを恥ずかしがり、たとえ好きな男を前にしても、表面上はいやがってみせるものだ。だから昨夜も、ティファニーの些細《ささい》な抵抗をかわいく思いこそすれ、本気で受け止めようとはしなかった。

オスカーは、その浅慮《せんりょ》を責めてくる。

「だいたい貴族であるなしにかかわらず、若い女が、そう簡単に見知らぬ人間に心を許すわけがないだろう」

気のない様子で、航海用の暦《こよみ》と手帳を照らし合わせているオスカーに向け、ライオネルは心外な思いで両腕を広げてみせた。

「けど…オレのこの男ぶりを見ろよ。立派なもんだろ?」

生まれながらにして容姿と体格に恵まれ、外見に関してはいつだって賞賛《しょうさん》されてきた。

おまけにどんな人間ともすぐに打ち解ける性格である。そして気に入った女は、下手な駆け引きをせずその場で全力で口説く――いままでは、そうやって好意を伝え、落とせなかったためしがないというのに。

「こんないい男、そうそういないぜ?」

「この自意識過剰の勘ちがい野郎」

オスカーは眉間《みけん》にしわを寄せ、こちらの訴《うった》えを一蹴《いっしゅう》した。

「自分が海賊だってことをもう少し自覚しろ」

「あー…うん。ええと、…何の話をしてたんだっけか」

忌憚《きたん》のなさすぎる意見に衝撃を受けながら、ライオネルは何とか平静を装って訊《たず》ねる。

「彼女がクローゼットの中に閉じこもったまま、出てこないんだろう」

「そうだ。それだ。一体なんだってそんなことをするのか――」

「きらわれたんだよ」

「は？」

「会ったその日に押し倒してくる男を誰が好きになる？　思うに、彼女はおまえに凌辱されたと思っている。抵抗は形じゃなくて、本気でいやがっていたんだろう」

「凌辱？　まさか！」

そこまで言われる覚えはない。

「本気でいやがるっつったら、もっとこう…こっちが萎《な》えるくらい暴れたり、罵倒《ばとう》してくるもんだろう？　そんな感じじゃなかったぜ。…いや、オレの主観とかじゃなくて、本当に」

「そういう娘もいる。が、そうじゃない者もいる」

「そうじゃない…者…」

「彼女は心底いやだとしても、雌獅子《めじし》のように抵抗するタイプじゃないように思うが」

海図に目を落としていたオスカーが、ちらりと視線を上げてきた。

「もしくは抵抗したくてもできなかった可能性もある。おまえを激昂《げっこう》させることを恐れていたとか…」

「そういえば——」

ふと頭の端をかすめた記憶を、ライオネルは注意深くたどった。

「酒を飲んだって言ってたっけか。…そう——夜会のとき、バーナードに酒を勧められてたかもしれない。いま思い出した」

と、オスカーが考えをめぐらせるように少し眉《まゆ》を寄せる。

「…バーナード卿《きょう》は、何度か女性への暴行を噂《うわさ》されたことがある。すべてもみ消したようだが…果汁で割った蒸留酒《じょうりゅうしゅ》を、果実酒だと言って飲ませて酔いつぶすのが手だとか」

「——…」

ライオネルは片手で顔をおおう。

「あの下種《げす》野郎…っ」

「いまごろティファニー嬢も、心の中でおまえをそう呼んでいるかもしれないな」

容赦《ようしゃ》のない指摘が、音を立てて胸に刺さった。

もしや自分は彼女を傷つけてしまったのだろうか？　そう考えると、いてもたってもいられなくなる。すぐに説明して、釈明したい。そんなつもりはなかったのだと。

（まぁ、そもそも口をきいてもらえればの話だけどな…）

閉ざされたクローゼットの扉が脳裏《のうり》をちらつき、ため息をつく。

いくら粗野《そや》で無骨《ぶこつ》な荒《あら》くれ者とはいえ、心を持った人間である。いやそれどころか、普通と比べても情に厚いほうだと思う。

そんなライオネルにとって、惚れた相手からの拒絶は、たとえどんなに些細な言動であっても、それなりに傷つき、心が痛むものだった。

せまい暗闇《くらやみ》の中で、ティファニーはひざを抱え続ける。ライオネルはあきらめたのか、だいぶ前に去っていった。それでももちろん安心などできない。

これからどうすればいいのだろう。どうすれば帰ることができるのだろう…？

心の中はそんな不安でいっぱいだった。

（お父様…心配していらっしゃるかしら…？）

彼が自分を探してくれていることを信じたい。家の体面もあるし、何もしていないということは、ないと思う。

（でも──）

それが形ばかりということは、充分ありうる話だ。父は昔から仕事と遊ぶことにばかり夢中で、跡継《あとつ》ぎである息子を除き、子供にはあまり関心を示してこなかった。みそっかすの末娘に、どれだけお金や労力を費《つい》やすものか――

(お姉様もきっとだめだし…)

ティファニーを疎《うと》んでいた姉たちに期待できないことは、言わずもがな。使用人の中には懇《こん》意《い》にしていた者もいるが、ほとんど権限のない彼らが頼りになるとは思えない。

(どうしよう。わたし、もしかして…このまま――)

このままおそろしい海賊のものにされてしまうのだろうか。見つかれば縛り首は免《まぬが》れない、お尋ね者の妻に?

(いや――)

想像にぞっとして、ひざを抱える手に力がこもった。そのとき。

ガッ、ガッ、ガッという、重い足音が近づいてくる。ぎくり、と心臓が引きつった。

この足音は、彼だ。

(どうしよう…)

今度こそ扉をこじ開けられてしまう。引きずり出され、寝台に連れ戻されて、そしてまた
――

(いや!　こわい…っ)

抑えようもなく手がふるえ、涙がにじみ出てきた。足音がクローゼットの前で止まったのを知り、ぎゅっと目をつぶる。――しかし。

そのまま、いつまで待っても予想していたようなことは起きなかった。

息をひそめて待つうち、だいぶ経《た》ってから、「なぁ…」という、困惑を交えた呼びかけが聞こえてくる。

「…おまえ、オレのことキライか？」

怒っているのでも、責めてくるのでもない。その平坦な問いに、固く閉ざされていたティファニーの目蓋《まぶた》から力が抜けた。

（え…？）

意味がわからず、ひざを抱えたままだまっていると、声はさらに続ける。

「何がまずかったんだ？　オレは…おまえだってちゃんとイイ思いできるよう、がんばったろ？　あれでもだめなら…どうすればよかった？」

「――…」

意外にも真摯《しんし》な思いのこもった声の調子に、ティファニーはうっすらと目を開ける。

こちらの意志を気にしている？　ちらりとそう考え、すぐに否定する。

（まさか）

昨夜はそんなそぶりを少しも見せなかった。

終始自分の思うままにふるまい、ティファニーの懇願にも、拒絶にも、耳を貸しもしなかった。それなのに、急にこんなことを言い出すなんて――

(何が目的なんだろう…?)

警戒してだまっていると、ライオネルは大きくため息をつく。

「もう、オレの顔も見たくないか? それで閉じこもったのか?」

「——…」

クローゼットの扉についている小さな鍵穴から外をのぞくと、そこではライオネルが床に直接あぐらをかいて座り、大きな身体を丸めるようにして肩を落としていた。…まるでティファニーが出てこないことで、本当に力を失っているかのように。

(そんな。まさか…)

並ぶ者のない無法者として、近海で恐れられている海賊が、ティファニーに拒絶されたくらいで落ち込むなんて——そんなことあるはずがない。

何かの罠なのだろうか…?

(でも…)

罠も何も、彼はその気になればいつでもこの扉を開けることができるのだ。そんなことをする必要がない。

(そもそも出てこいとは言われてないし…)

彼は先ほどから、ティファニーの気持ちを問う言葉ばかり口にしている。閉じこもっていることを非難されると思っていたティファニーにとって、それはひどく意外なことだった。

(わたしの気持ちなんか訊《き》いて…どうするの?)

また好きにするつもりなら、そんなことに興味を持たないだろう。にもかかわらず訊ねてきたということは、本当に知りたいと思っているのだろうか…。

疑問も、混乱もふくらむばかり。暗闇の中でひざを抱えたまま、逡巡《しゅんじゅん》に瞳をさまよわせていると。

「…なぁ、何とか言えよ」

コンコン、と外から扉がたたかれた。…そのやわらかな音におどろいてしまう。

うんと力を抜いたのだろう。その音からは、ティファニーを怯《おび》えさせまいとする気遣《づか》いが伝わってきた。鼓膜《こまく》と同時に、心に直《じか》にふれてくるような、音。

(どうして——)

ティファニーは、人から気遣われると弱い。

家ではいつも否定されるか、放っておかれることが多いので、誰かから好意を示されると、それがどんなに些細なものであっても、うれしくてたまらなくなってしまうのだ。

気がつけば、ひざを抱える腕からも力が抜けていた。本当に、どうすればいいのだろう?

問いがぐるぐると頭の中をまわる。けれどそれは先ほどまでの、切羽《せっぱ》詰まった危機感にあふれたものではなかった。

「てか、ちゃんと中にいるんだろうな?　いないなら開けるぞ。もし開けられたくなければ、ずっとだまったままだったからだろう。ライオネルの声が少し声がきつくなる。

「ドアをたたいてくれ」

ティファニーは、ためらいながらも軽く、目の前のドアを二度たたいた。

コン、コン。

ひかえめな音が、シンと静まりかえった部屋に響《ひび》く。

床を見つめていたライオネルが頭を上げ、そしてホッとしたように表情をゆるめた。小さな鍵の穴から、その瞬間を目にしてしまい、またしてもびっくりする。

なぜ彼は、たったそれだけのことに、こんなにも無防備な顔を見せるのか…。

「よし、そうだ。『はい』か『いいえ』の問いにしよう。オレが質問をするから、『はい』のときは一回、『いいえ』のときは二回ノックする。…どうだ?」

新しい遊びを思いついた子供のように、ライオネルはそんな提案をしてきた。

(昨日とは、まるで別人みたい…)

鍵穴からそのうれしそうな様子を目にして、ティファニーは心の中でつぶやく。

昨夜は、噂に聞く野蛮人《やばんじん》そのもののように、問答無用でティファニーを翻弄《ほんろう》したというのに。

いまだって、力ずくでドアをこじ開けるのなどたやすいだろうに。彼はティファニーに気を遣い、機嫌を取ろうとすらしているようだ。

なにか理由があるのかもしれないが、昨日のように乱暴に、そして強引にされるよりはずっといい。

少し考えてから、ティファニーは軽くにぎったこぶしを扉に打ちつけた。

…コン。

ライオネルは、返事があったことで勢いを得たように、「よし！」とつぶやく。

「もう面と向かってオレと話をするのはいやか？」

いきなり変な質問がきた。

（いやというか、こわい…）

けれど広範囲な意味ではいやのうちに入るだろう。

コン、とたたくと、ライオネルは片手で顔をおおった。そしてその手で髪をかきあげる。すると、荒削りに整った男らしい顔が、つまらなそうにしかめられているのが目に入った。

（――…）

ふいに、胸の奥がわずかにふるえる。…そんな顔をするのが、自分のせいなのかと思うと。

「それはオレがきらいだからか？」

ふてくされたような声に、ハッとした。いけない。彼をぼんやり見つめている場合ではない。

自分はライオネルがきらいなのか――心に問い、はっきりとした答えを得る。

（きらいというか、こわい）

コン。

簡潔《かんけつ》な音に、彼はがっくりとうなだれた。

「…それは、オレが昨日おまえを抱いたせいか?」

コン。

「そうか…。え、技術的な問題か?」

(技術的な…?)

質問の意味がわからない。とまどっていると、彼は質問を変える。

「あれ、いやだったか?」

コン。

「最初から最後までずっと?」

コン。

「うそだー。ちょっとくらいは悪くないって思ったろ?」

コンコン!

思わずこぶしに力が入ってしまった。するとライオネルは少しむっとしたように、ひざの上に頬杖《ほおづえ》をついてぼやく。

「でも、おまえはいずれアレが好きになるし、そのときはそんなこと言えなくなるんだよ」

ぶっきらぼうな口調に、ひやりとした。

(…怒らせた…?)

不安に胸がさわいだ――そのとき、部屋の外からライオネルを呼ぶ声がした。

「ちょうどよかった」

軽く言うと、彼はするりと、虎のようになめらかな仕草で立ち上がり、鍵穴の視界の中から消えてしまう。

どうやら部屋の戸口で誰かと話をしているようだ。

「おまえもお姫様を説得してくれ。早く出てくるように」

「は？　なんで私が――」

答える声に聞き覚えがあった。今朝《けさ》ライオネルと口論をしていた、オスカーという青年だろう。

「平気平気。いまようやく会話が成立したところだ。こっちの質問には答えてくれる」

「…私に、クローゼットに向けて質問しろと？」

不服そうな返答をものともせず、ライオネルはオスカーを引っ張ってきて、クローゼットの前に立たせた。

「返事が『はい』ならノック一回、『いいえ』なら二回だ」

「筋金入りのバカか、おまえは」

「相手は貴族のご令嬢だ。おまえのほうが的確に対応できるかもしれないだろ。まかせたぞ！」

それ以上の反論を許さず、ライオネルはオスカーの肩をたたくと、すかさず退室してしまう。

取り残されたオスカーは、大きく一度嘆息《たんそく》した。

(——…っ)

逆にティファニーは息を呑《の》む。今朝、彼はティファニーを奴隷市に売ると言っていた。

新たな緊張にじっとしていると、オスカーは両手を腰に当て、いかにも不承不承《ふしょうぶしょう》という体《てい》で口を開く。

「…クローゼットに話しかける趣味はない。いいか、これは独り言だ」

そう前置きをして、端正な細面に、気むずかしげな表情を浮かべた。

「とてもそうは見えないだろうが、ライオネルは生まれがいい。子供の頃はその出自《しゅつじ》によって、——成長してからは容姿や腕力、人柄によって、大抵の物事はあいつの思い通りになってきた。だから世の中とはそういうものだと思っている節がある」

投げやりな口調。しかしそこには何か、ゆるぎない響きが感じられた。それが仲間ということなのだろうか。首領への確かな信頼をもって、彼はティファニーに告げてくる。

「昨夜何をしたとしても、あいつに悪気はなかったんだ。…おまえにとって救いにはなるまいが」

言うだけ言うと、彼はさっさとその場を離れていった。

「——…」

クローゼットに閉じこもった直後であれば、耳にした言葉を信じなかっただろう。しかしつい先ほどのライオネルの言動を思い起こすと、頭ごなしに否定することもできなくなってくる。

彼は一度もティファニーに何かを無理強《むりじ》いすることがなかった。

（それなら、どうか――…）

ティファニーの気持ちを少しでも考えてくれるというのなら、どうか。たったひとつの願いをかなえてほしい。

城も、宝石も、自分のためだけに仕える使用人もいらないから。

（どうか、家に帰して…）

平穏で、安全で、見知った人ばかりの…そして少しだけ居心地の悪い、ロアンドの屋敷へ。

誰の姿もなくなった鍵穴を見つめて祈りながら、ティファニーはふと気づく。

せまい暗闇の中、息をひそめて、ひざを抱えて。――よく考えれば、ティファニーにとってここは、慣れ親しんだ屋敷での生活によく似ていた。

＋＋＋　　　　＋＋＋

『大きめの馬車を用意して。伯爵様《はくしゃく》の晩餐会《ばんさんかい》には家族みんなでうかがうの。お父様とお兄様、それに私たち――五人でね！』

『今日は友達が大勢来るの。だからティファニー、あんたは部屋にいるのよ。絶対に出てくるんじゃないわよ』
『やだ、ドレスに染みがついてる！　ティファニーだわ。あの子がやったに決まってる。お兄様に言って、きつく罰《ばつ》を与えてもらわなきゃ』
『なぜ姉たちとうまくやれないんだ？　三人は仲がいいのにおまえだけ外れているなら、問題はおまえにあるはずだ。意地を張らず、もう少し歩み寄る努力をしてはどうだ？』
『ティファニー？　いたのか。おまえは呼んでないぞ』

ガッ、ガッ、ガッ……。

ゆっくり近づいてくる重たげな靴音《くつおと》と、木の床のきしむ音に、ティファニーはうつらうつらしていた意識を現実に引き戻された。

とたん、すうっと遠のいていった夢の残滓《ざんし》が、一粒瞳からこぼれ落ちる。

（…なんだったかしら…？）

よく覚えていない。けれど、ひどくさみしい夢を見ていたような気がする。

足音がクローゼットの前で止まると、かすかにいい匂《にお》いがした。そっと鍵穴からのぞくと、ライオネルが、スープとパンをのせた盆を手近なテーブルに置いている。

「食事を持ってきた」

そう言うと、彼は綴《つづ》れ織りの生地が張られている椅子を引き、背もたれに肘《ひじ》をつくようにしてそこにまたがった。

「ずっとそのままでいる気か？」

問いには、先ほどと同じく責める響きはなかったものの、ティファニーは軽くくちびるを噛む。

（そんなつもりは…ない。けど…）

けれどどうすればいいのか、わからなくて、途方に暮れている。のこのこ出ていって、また彼の好きにされるのはいやだ。

（でも――）

あの後、ずっと考えていて、少しずつ気づき始めた。

家に帰りたい。…けれどはたして、家族はティファニーが戻ってくることを望んでいるのだろうか？

（――…っ）

きゅぅっと胸が引きしぼられる。

ひとりぼっちだ。いままでもそうだった。けれど、周囲から見るとそうとはわからないような、囲いの中にいることができた。そのおかげで、周りだけでなく自分自身をも、何となくごまかすことができていた。けれど囲いの外に出て、はっきりとわかってしまった。

ティファニーはいま、行くところも帰るところもないまま、クローゼットから出ることができずにいる。

小さな鍵穴から射《さ》しこむ、細い光をすがるように見つめた。その向こうでは、ライオネルがつまらなそうに椅子から腰を上げたところだった。

「…とにかく、オレはしばらくこの部屋から出てるから、飯を食え。でないと身体を壊す。…いいな？」

呼びかけてくる声には覇気《はき》がなかった。そして、思いちがいでなければ、ティファニーを心から気遣っているようでもある。

（なんで…そんなふうにやさしく声をかけてくるの…？）

いたわりと思いのこもった言葉は、いまのいままで、寄《よ》る辺《べ》ない不安を抱えていたティファニーの心を強くつかんだ。たまらず痛みがあふれ出す。

「わたし…なんか――」

気がつけば、口を開いていた。

ライオネルが、ハッとしたようにクローゼットのドアに耳を寄せてくる。

「ん？　なんだって？　もう一度言ってくれ」

「わたしなんか…病気になっても、…死んでも、誰も悲しんだりしない。姉たちも――たぶん、父も…」

言いながらぽろぽろと涙がこぼれ落ちた。つらいけれど、たぶんそれが真実だ。だからもう、ティファニーはどこへ行けばいいのかわからない。いつまでもここに――

ドガン!!

しゃくり上げようとした、その時。そんな大きな音とともに、クローゼットが激しくゆれた。ライオネルが蹴りつけてきたようだ。

「――!?」

衝撃でドアは折れ、蝶番《ちょうつがい》は飛び――そして強い光が射しこんでくる。

そのまぶしさに目を眇《すが》めたティファニーの両肩を、彼は強くつかんできた。

「おまえが死んでもかまわないなんて言うヤツはオレが殺してやる!」

突然の暴挙《ぼうきょ》に、ティファニーは目を白黒させる。こぼれかけていた涙も引っ込んでしまった。

「まだ信じないのか!? 何て言えばいい!? どうすれば信じてくれるんだ、オレが本気だって!」

その勢いにティファニーが口をぱくぱくさせていると、彼は、気持ちが伝わらないことに焦《じ》れたように続ける。

「ティファニー、オレ、こんなの初めてなんだ。どうすればいいのか言ってくれ。何でも言う通りにするから――こっちを向いてくれ」

「──…」

つかまれた肩が痛い。けれどそれは、心地のいい痛みだった。

答えを待つ灰色の瞳に向けて、ティファニーはややあって細い声をしぼり出す。

「わ…わたしの…言うことを、聞いて──」

「聞いてるじゃないか」

「聞いてない。昨日、いやだって言ったのに、ちっとも…」

とたん、ライオネルはややひるんだ顔をした。

「あれは…すまなかった。いやがる様《さま》があんまりひかえめなんで、『いやよいやよもイイのうち』だとばっかり──」

「ちが…っ」

「わかった。ちがったんだな。つまりオレは、おまえに…乱暴したってことか?」

「──…」

答えることができずにいると、彼はくやしそうに顔をしかめた。

「すまない…」

言葉とともに、真摯な眼差しでティファニーをのぞき込んでくる。

「悪いことをした。謝る」

「え…?」

「…許してくれ」

「――…」

(許す？　わたしが？　…か、海賊を…？)

反応に困るティファニーの前で、彼は小さく息をついた。

「つぐないを…したいが、どうすればいい？」

「どうって…」

思いもよらないことを訊かれ、ティファニーは言葉に詰まってしまう。と、まっすぐにこちらを見ていた灰色の目が、ふとゆるんだ。

「なんとなくわかってきたぞ。おまえは自分の希望を言うことに慣れてないんだな」

そうかもしれない。ティファニーもうなずく。

逆らったり、わがままを言ったりしたら、叱《しか》られる。罰を受けて、いまよりも悪いことになるかもしれない。…無意識にそう考えてしまうのだ。

だからこれまで、希望どころか、意見を言うこともほとんどなかった。

しかしライオネルは、はげますように、ティファニーの両肩をつかむ手に力を込める。

「ゆっくりでいい。時間はたっぷりある。ほしい物でも、してほしいことでも…おまえが一番オレに望んでいることを言ってみろ」

言われた通り、ティファニーは落ち着いて考えてみた。家に帰りたい。少し前だったら、迷わずそう告げただろう。

けれどティファニーを愛していると言い、気遣い、右往左往し、自分のことのように怒り――そして謝った相手を前にして、なぜかその希望は口から出てこなかった。

（この人は…何なの…？）

そんな疑問で頭がいっぱいになり、それは無視しえない吸引力となって、ティファニーの意識を引き寄せる。

どうせ行くところがないのなら、求められるところにいるというのも、選択肢《し》かもしれない。

…そんな結論に導いていく。

（あぁ、でも――）

だからといって気を許すわけにはいかない。もう二度と、昨夜のような恐ろしい目には遭《あ》いたくないから。

しばらく考え、ティファニーはややあって心を決める。

ライオネルを見上げ、おずおずと口を開いた。

「あなたに望むのは、…もうアレをしないこと。もう、抱きしめたり、そ…それ以上のことをしたり、しないで…」

かぼそい声に、相手は渋い顔をしながらもうなずく。

「…だよな」

そして気がついたようにティファニーの肩から両手を放し、降参する体《てい》でそれを小さく上げてみせた。

＋＋＋　　　　＋＋＋

船長室は、書斎《しょさい》と寝室の二間から成る。

ライオネルは、そのうちの寝室を、ティファニーのものにすると言った。そこへは船員を決して立ち入らせず、ライオネルですら、了解なしには踏み込まないという。

だから安心というわけには決していかなかったが、それでも、人目のない自分だけの空間と、そこでの自由を与えられた安堵《あんど》は大きく、ティファニーはほっと胸をなで下ろした。

そして実際ライオネルは、その後、夕食を運んでくるまで一度も姿を見せなかった。

(少しは…信用、できるのかな…)

大柄な彼の姿を見るだけで、いまでもやや緊張してしまう。彼はそれに気づいているようで、決して必要以上に近づいてこようとはしなかった。

その気の遣いようは、ティファニー自身をもとまどわせるほど。

(そんなに離れていなくてもいいのに…)

そう思うことも多々あったが、それでは、と近づいてこられても困るので、結局何も言わないままにした。

食事は、絞《し》めたばかりの鶏肉《とりにく》と野菜のスープ。さらにパンと卵までついていた。

（船の中の食事は、干し肉や豆やチーズくらいだって本で読んだけど…）

おそらくこれも、特別に作らせているものなのだろう。そのことに恐縮《きょうしゅく》してしまう。ティファニーは、さらわれたのだからそのくらい当然、と思える性分《しょうぶん》ではなかった。

「そうだ。食べ終わったら、見せたいものがあるんだ」

会話の盛り上がらない食事の合間に、ライオネルがそんなことをつぶやく。そしてその後、食事の盆を下げるなり、彼は書斎のほうからひと抱えほどの小ぶりな衣裳櫃《いしょうびつ》を持ってきた。

うながされるままそれを開け、中に入っていた服を引っ張り出したティファニーは、青い瞳を大きく見開く。

「わぁ…」

それは、女の子であれば誰でも着てみたいと感じるような…明るくかわいらしい仕立てのデイドレスだった。

細かい花柄の刺繍《ししゅう》が散るモスリン地は、淡いラベンダー色。肩はふっくらと蕾《つぼみ》のように丸みを帯びており、肘のすぐ下に位置する袖口《そでぐち》には、精緻《せいち》なレースがたっぷりとあしらわれている。襞《ひだ》を寄せた霞《かすみ》のようなレースは、腕を美しく飾りながらも、動きを軽《かろ》やかに見せるだろう。

花柄の刺繍は、控えめにふくらんだスカートにもほどこされていた。一歩進むごとにひらりひらりと花の舞う様《さま》が、目に浮かぶようだ。これを着て街を歩くことができたら、どんなに楽しいだろう？　おまけに――

「…新品のドレスだわ…」

いつも姉のおさがりを着ていた身にしてみれば、それだけでひどく興奮してしまう。

ティファニーは、手の中にあるドレスから顔を上げた。

「…これ…」

わたしが着ていいの？

そう訊ねる言葉は、どうしても出てこなかった。あまりにも図々《ずうずう》しいように思えたのだ。

きれいだから見せただけ。あげるつもりはなかった。…そんな話であってもおかしくない。

息を潜《ひそ》めて反応をうかがうティファニーの前で、ライオネルは曖昧《あいまい》にうなずいた。

「あぁ…」

「――…」

それではどちらだかわからない。

（やっぱり…見せただけ、かしら…）

手の中のすばらしいドレスを、泣く泣く櫃の中に戻そうとして…、最後にもうひと目、じっと見つめて目に焼きつける。

と、ライオネルが言いたくなさそうに口を開いた。

「…選んだのはオスカーだ。ホントはオレが選んだものを贈りたかったんだが――オレが持って出ようとしたドレスを見てオスカーが、バカだのセンスがないだの、さんざん罵倒《ばとう》してきやがったんで…」

「――…っ」

贈りたかった。いま、彼は確かにそう言った。

ではこの新しいドレスは、ティファニーが着ていいのだ。そのうれしさに胸がふくらむ。

「ステキなドレスだわ」

ドレスをにぎりしめ、高いところにある顔を振り仰いで精いっぱいの感想を伝えると、彼もまた顔を輝かせた。

「そ、そうか！　よかった！」

そしてドレスの下に手を入れ、衣裳櫃の底から何かを取り出す。それはビロウド張りの小さな平たい箱だった。

「それに合ったアクセサリーも持ってきたんだぜ」

「――…」

真紅《しんく》のビロウドの上に置かれていたのは、いかにも若い娘向けらしい、可憐《かれん》な首飾りと耳飾りである。一流の職人の手によるとわかる、凝《こ》った細工だった。宝石類の輝きも、見るからに高価そうだ。

だが逆に、贈り物があまりにも立派すぎて困惑してしまう。

(もらっても、つける機会がないし…)

いまいちな反応に、彼は表情をくもらせた。

「うれしくないか?」

「い、いえっ。そういうわけじゃないの…」

どんなものであれ、ティファニーを喜ばせようとしてくれた、その気持ちはありがたいと思う。けれど同時に、人からプレゼントをもらうという初めての体験に、ひどく動揺してもいた。

特別ほしくないものだったとしても、喜んでみせるべきだったのかもしれない。

(どうしよう…)

取るべき行動が思いつかず棒立ちになっていると、彼はビロウド張りの箱を閉めて嘆息した。

「…他に何かないのか? ほしいもの」

(ほしいもの——)

問われるまま、必死に考えて…、やがてひとつの答えが口からこぼれる。

「リネン…」

「リネン?」

「は、肌着や、下着が必要だから…っ。布さえあれば、作ることができるわ」

「あー…」

高価でも何でもないものを挙げられ、彼はちょっと落胆したようだった。けれどすぐに顔を上げる。

「よし！　次に来るときに、たっぷり持ってきてやる」

「そ、そんなにたくさんじゃなくていいのっ」

あわてて押しとどめながら、ティファニーはくすぐったい思いだった。

なんとかして自分の好意を示そうとするライオネルの意気込みは、充分すぎるほどで…、正直そこまでしなくてもいいのに、と尻込みしてしまうこともある。

けれどそうやって、あふれるばかりの気持ちで大事にされるのは、ひどく心地よいことだった。

とまどいながらも、うれしい。心の底からとてもうれしいのに、口下手なティファニーには、それをうまく伝えることができない。…それがもどかしい。

もらったドレスを自分の身体にあてていると、ライオネルが目を細める。

「きれいだ。…よく似合う」

その言葉は、口先だけのものではない、心からの賛辞《さんじ》に聞こえた。とたん、褒《ほ》められ慣れていないティファニーはひどく困惑してしまう。…全身が心臓になってしまったかのように、どきどきしてしまう。

「――…」

息を呑《の》んで見つめ返していると、ライオネルがふらふらと近づいてきた。そして何気なく右手をこちらに出してくる。

それはもしかしたら、ドレスにふれようとしただけだったのかもしれない。けれどティファニーは、ふと不安になった。すると。

その表情の変化を察したように、彼ははっと手を引っ込める。

「いや、さわらない。…さわんねぇよ。約束だもんな」

静かに手を下ろしながら浮かべた小さな笑みが、立ちつくすティファニーの胸を、ちり…っとひっかいた。

「ここは船長室だからな。船長のオレはここで寝るしかないんだ。船ん中ではそういう示しが重要でな。――いや待て、そんなビクつくなって…！」

夜。不穏な言葉にぎくりとし、そそ…っと後ずさったティファニーを、ライオネルは片手を上げて制した。

「ベッドはおまえに譲る。一人でそこで寝ればいい。オレはそっちのソファーに寝るから」

(本当…?)

そんな、一抹《いちまつ》の思いが胸をよぎる。

「その顔は疑ってんな？　大丈夫、オレはそのソファーから絶対に動かない。石像のように動かない。約束する」

「――…」

厳《おごそ》かな誓いを得て、ティファニーは言われた通り、一人でベッドに入った。すると、昨夜からきちんと寝ていなかったこともあり、すぐに眠りに落ちてしまう。

けれど夜半になってから、肌寒さにふと目を覚ました。どうやら掛け布をはいでしまっていたようだ。

傍《かたわ》らでくしゃくしゃになっていた掛け布を、手探りで探し出してくるまる。温かさにほっとしてから、ぱちりと目を開けた。

（疑うわけじゃないけど…）

そんな心のつぶやきとともに、そーっとソファーのほうを見る。すると。

（――いた）

約束通り、ライオネルはちゃんとそこで寝ていた。大きな身体ゆえ、脚《あし》のひざ下が、肘掛けからはみ出てしまっている。

そんな様子をこっそり盗み見たティファニーは、ふと彼が何もかけていないことに気づいた。かたやこちらには掛け布が三枚もある。

（一枚くらい、持っていけばよかったのに…）

そんな思いをなだめるようにして目をつぶるが、一度気になってしまうと、なかなか寝つけない。

ティファニーは、しかたなくベッドから身を起こした。自分の掛け布を一枚取り、足音を殺してソファーに近づいていく。

いざというときのためにと、天井に吊されたカンテラには、火が灯《とも》されたままになっている。ほのかな明かりの中、ゆったりとした船の揺れにわずかによろめきながらソファーにたどり着き、寝ている大きな身体を包むようにして布をかけた。そのとき、これまで見上げるばかりだった相手の顔を、見下ろしていることに気がつく。

（…やっぱり、見た目はいいわ…）

海賊の首領という立場に見合った、荒々しくも精悍《せいかん》な顔。彫りの深い顔立ちは野性味が強く、一見恐ろしげだが、笑顔を浮かべるとハッとするほど人好きがする。鼻筋は、豪快《ごうかい》な性格を示すかのようにまっすぐ通っていた。

そして、いつもティファニーの想像を超えた言葉をつむぐ、厚みのあるくちびるは、寝ているときでさえも見る者をどきりとさせる色香をにじませている。

（――…）

昼間は、そのくちびるが告げた真摯な誓いに胸がふるえた。

彼は決してさわらないなどと約束をする必要などなかったのだ。もちろんティファニーにベッドを譲らなくてもよかった。もし彼が好きにしたいのであれば、どうあがいたところでティファニーには逃げることも、ろくな抵抗も、できやしないのだから。

にもかかわらず、彼はこちらの希望をきちんと聞き入れてくれた。ティファニーの意志を尊重してくれた。その気持ちが、どうしても、うれしい。――そんなふうに感じてはいけないと思いつつも。

(彼は海賊なのよ…)

人々を恐怖に震え上がらせ、忌《い》み嫌われる海の悪魔である。そんな相手に親しみなど感じていいはずがない。それなのに。

ちゃんとわかっているのに、ライオネルが自分に見せる顔のやさしさゆえに、少しずつ彼を拒《こば》みきることができなくなっているのを感じる。

(こんなのまちがってる――)

でも彼は、ティファニーを気遣ってくれる…。

「キスしてくれないのか?」

「――!?」

寝ていたはずの相手が急に声を発し、ティファニーは飛び上がった。その拍子に均衡《きんこう》をくずし、ぺたんと絨毯《じゅうたん》に尻もちをつく。

ライオネルはぱっちりと大きな灰色の瞳を開いて、男らしい顔にゆったりとした笑みを浮かべた。

「おまえのためにこんなにも我慢している男に、一片くらい慈悲をくれ」

「…我慢？」

「おまえを愛していると言っただろう？」

瞳を意味ありげに輝かせ、彼はこちらをじっと見つめる。

「好きな女を目の前にして、ふれることができないってのは、男にはけっこうな苦行なんだよ」

「苦行…」

鸚鵡《おうむ》返しにつぶやいたティファニーに向け、ライオネルは舌なめずりするように訊ねてきた。

「おまえ、オレのことときらいか？」

「…わからない」

昼間に相対していたときと、雰囲気《ふんいき》がちがう。そう気づき、ティファニーはとまどった。熱をはらんだ瞳を向けられ、なぜだか胸がどきどきする。

その様子を、彼は愉《たの》しげに眺めていた。

「好きかもしれない？」

「今朝…クローゼットから、無理やり出されてしまうかと思ったわ。でもそうしなかった。その後、やさしく…してくれた…」

　自分の心に問いながら、ぽつりぽつりと正直に答えると、ライオネルは、くちびるに甘やかな笑みを刻む。

「これからもっとやさしくするさ。力の及ぶかぎり。…それでおまえの心が手に入るなら」

「心…?」

「あぁ、そうだ。オレはおまえのことが好きだ。だから——」

　くちびるをほころばせたまま、彼は灰色の瞳を愛《いと》おしげに細める——そのほほ笑みが艶っぽくてどきりとした。

（なに、これ…）

　鼓動がさらに高まっていく。それに従い、顔までが熱くなってくる。

「おまえにも、オレを好きになってほしい」

「わたしに…?」

「なにもいますぐ好きになれとは言わない。けど、おまえもオレにやさしくしてくれ。そうすればオレは、天にも昇る気分になれるんだから」

（わたしがライオネルに、やさしく——…）

　ティファニーがそうするだけで、そんなにうれしくなる?

　言葉は、胸の奥をくすぐった。自分にそんな力があるとは信じられない。…けれど、もし彼の言葉が本当だとしたら――

（…うれしい…）

せわしない心臓の動きを意識しながら、おずおずとうなずく。

「…いいわ」

するとライオネルは、掛け布の下から手を出してきた。

「にぎってみろ」

その指示に、おそるおそる手を重ね合わせてみる。ライオネルの手は、ティファニーの手よりもずっと大きくて、ざらついていて、軽石のように皮膚《ひふ》が固かった。日常的にロープを使っていると、そうなってしまうのだろうか。

皮膚だけではない。手には、あちこちに大小の傷がある。ざらざらしているのはそのせいもあるようだ。

彼の右手を、ティファニーは両手で包んでしばし探索する。指先で傷跡をたどると、彼はくすぐったそうに手のひらを丸めた。

「どんな気分だ？」

「…どきどき、するわ…」

ふれている手のひらから熱が伝わり、それが胸に溜《た》まっていくような気がする。

「なんでだ？」

「さぁ…」

「じゃあもっと確かめてみないとな。顔は？」

「え？」

「オレの顔にさわってみろ」

「――…」

人の顔にさわったりして、いいのだろうか。…初めはそう思っていたものの、実際にふれてみると、手のときよりも、もっと胸がさわがしく波打った。

精悍なあごの線や秀《ひい》でた額、そして目の下に走る傷。髪の毛の生え際をなでると、ライオネルは心地よさそうにうっとりと目を閉じる。まるで野生のトラをなつかせた気分だ。

あまりにも気持ちよさそうにしているので、ティファニーは何度もそれをくり返した。

すると、しばらくして彼が目を開く。

「オレもやってもいいか？」

「――…」

心地よさそうなライオネルの様子に、つい好奇心がわいた。

顔だけなら問題ないだろう。そんな思いでうなずいたものの――

（…や、な、…なに…？）

いざふれてくると、彼の指は慣れないティファニーの手よりも、ずっと繊細で、そして淫靡《いんび》に動いた。

　ふれるかふれないか、ぎりぎりのところを指が這《は》う。肌に砂をこぼすような、その微妙なふれ心地に、かえって肌がぴりぴりと粟立《あわだ》った。

「ライオネル、それ、いや…っ」

「いやって、…なにが？」

　笑み混じりの問いに、さわるならちゃんとさわってほしい、と答えようとして、寸前で口をつぐむ。

（いっ、言えない…っ）

　ふれるのを許したことを早くも後悔しながら、ティファニーはいままで経験したことのない、焦れったい感触にじっと耐えた。

　しかしライオネルの手が首筋にふれてきたとき、びくりと肩をふるわせてしまう。

「…ぁ…っ」

「どうした？」

「わ、わからない…」

「感じやすいんだな」

　低い声が、くすりと笑った。どうした、なんて訊いておきながら、まるで彼のほうがティファニーの身に起きたことをよく知っているかのようだ。

「か、顔だけって…言ったじゃない…っ」

「首は顔の内だろ?」

抗議にしれっと返され、ティファニーはだまされたような思いを噛みしめる。

「…、…っ」

どうしてだろう。顔と首、そしてうなじ。ふれられているのはそれだけだというのに、なぜか次第に息が乱れていく。こらえようとすると、頬が熱くなり、よけいふるえてしまう。

「——はぁ…っ」

かすかに聞こえる波の音だけに満たされていた部屋の中に、いつからか、ティファニーの吐息が混ざり始めた。

あまりにも些細《ささい》で、静かな交歓《こうかん》。それなのにティファニーの胸は高鳴るばかりだ。このままではいけない。そう思うのに、まるで魔法にかけられてしまったかのように、彼の前から動けない。

気がつけば次に何が起きるのか、どきどきしながら待っていた。耳にふれられるに至って、ふるえがちだった息が、完全に乱れてしまう。

「…ふ…ぅ…っ」

こちらが普通の状態でないことはわかっているだろうに、ライオネルは何も言わない。ただ、顔を林檎《りんご》のように赤く染めて悩ましく息をふるわせるティファニーを、暗闇の中でもすべてを見通しそうな、あの灰色の目で見つめてくるばかりだった。

不埒《ふらち》な指はやがて、ティファニーのくちびるを探索し始めた。小さなくちびるを、無骨な指が、ふれるかふれないかの刺激で、くり返したどる。

くちびるが、身体の中でもひどく敏感な部分であるということを、ティファニーは初めて知った。時間をかけて、あくまでゆっくりとたどられているうち、くすぐったくて、じんじんして、たまらなくなる。

顔よりも、首よりも、耳よりも。くちびるは指先の刺激を大きくとらえ、ふっくらと赤く――熱く張りつめていく。慎《つつ》ましく閉ざされていたはずのティファニーのくちびるは、いまやかすかに開かれ、吐息にしっとりと艶を帯びていた。

穏やかな愉悦が、じわじわと胸に染み込んでくる。肌を感じやすくし、少しずつ、少しずつ体温を上げていく。

頬と目尻が火照っているのを感じた。いつの間にか瞳がすっかりうるんでいる。…その様子を、ひたりとこちらに据《す》えられた、灰色の瞳に見られているという状況が、さらにいたたまれない。

「ラ、…オネル、も…もう…っ」

こんなことになるとは思っていなかった。そんな思いを込めて、名前を呼ぶ。これ以上はだめだと訴える。

すると彼は、ソファーからゆっくりと上体を起こした。身を引こうとしたティファニーの頬に手を添え、それを仰向《あおむ》かせる。

「ティファニー、…頼む」

手にはほとんど力が入っていなかった。こちらがその気になれば、簡単に外れそうだ。だからこそ、それを振り払おうとはせずに、ついだまって見上げてしまう。

彼はごくごく真剣な面持ちで口を開いた。

「頼む。おまえを愛させてくれ。――オレのは挿《い》れないから。つまり、おまえに痛い思いをさせたり、負担をかけたり、絶対にしないから…」

「い…挿れない、って…?」

「この間…オレのを、おまえの中に挿れたろ? あれをしない。ただ、おまえの身体にふれて、気持ちよくしてやりたいんだ。そうすればオレは、後で、なんつーか…一人で、できるから…」

「え…、あ…、――…」

うなずくにうなずけず、けれど真摯な懇願に呑まれるように、固まってしまう。

そんなティファニーを見下ろして、彼はほんのりと苦い笑みを浮かべた。

「おまえがいやだってことは、絶対しない。いやって言われたら、すぐやめる…、――本当だ。約束する。だから…」

声の、焦《こ》がれるような響きにすっかり当惑し、ぼんやりと大柄な体軀《たいく》を見上げる。

（か、海賊…なのに――）

船団を率《ひき》い、沿岸諸国に恐怖を与えている張本人…ではなかったのか。夜会の会場で、多くの客や軍人たち相手に、猛々《たけだけ》しく哄笑《こうしょう》を響かせていた彼は、どこに行ってしまったのだろう？

自分の船に戻り、海賊たちに罵声《ばせい》混じりの号令をかけていた時の、尊大《そんだい》で自信と力にあふれていた姿は？

ティファニーに嫌われたくないからと。好かれたいからと、こんなに弱気な態度で求めてくる…なんて。

まるで、こちらのほうが立場が強いかのように、錯覚してしまう。そんなはずがないのに。

ややあって、ティファニーはおずおずと口を開いた。

「――い、…痛いこと、しない…？」

こちらを見下ろす、まっすぐな灰色の瞳に向け、緊張を湛《たた》えた声音で訊ねる。

「このあいだの、本当に、こわか…っ、――!?」

言葉は途中で途切れた。強い力で、さらうように抱きしめられ、息を詰める。

「しない」

肩口に強く顔を押しつけ、彼ははっきりと言った。

「もう、無理はさせないから――」

服越しに、固くがっしりとした身体つきを感じた。ティファニーの細い身体を、どこまでも包み込むほど大きな――

「ライオネル…。わたし、…あなたに大切にされるの、好き…」

「え?」

「大事にされると、…どきどきして、…うれしくて、…たまらなくなる」

いままで、ティファニーの気持ちを考えて、こんなにも思い迷った人はいない。ティファニーを喜ばせようと、こんなに一生懸命《けんめい》になってくれた人も。

「ティファニー…」

「だからわたしも…、何か、返せたらいいのにって、ずっと――」

それは最初の夜の、あの淫《みだ》らな行為を、少しだけとはいえ、認めるということだ。

自分でそれを言う恥ずかしさに、消え入りたくなる。

曖昧にただよった言葉の先を正したりはせず、ライオネルは身体の位置を入れ替えて、ティファニーをソファーに横たわらせた。

そしてやわらかな白い夜着の合わせに手をかける。胸元は、紐《ひも》を通して閉じる形になっている。彼はそれを、手際よくするするとほどいていった。

紐がすべて解かれると、合わせがはらりと開く。ひんやりとした空気が胸元にふれるのと同時に、ふくらみがほろりとまろび出た。

カンテラひとつの明かりとはいえ、肌を――胸のふくらみと、花びらのような薄紅《うすべに》の頂《いただき》をさらされ、ティファニーは恥ずかしさに目線を泳がせる。しかしライオネルは、つまらなそうに低くうなった。

「暗いな。…ちょっと明かり増やしていいか？」

「…だめ」

答えを予想していたのか、彼は軽く笑い、身体の曲線を手のひらでたどる。

「肌が絶品なんだ。なめらかで、やわらかくて、シルクみたいに手に吸いついてくる…」

うっとりとささやきながら、大きな手が、脇から臀部《でんぶ》までをくまなくなでまわす。先ほどのささやかなふれ合いで、すでにほんのり火のついていた身体は、それだけでもくすぐったくて、しかたがなかった。

「――…っ」

恥じらう顔すら楽しみながら、彼は片方のふくらみを手で包み込む。そしてこちらに見せつけるように、大きくゆっくりと捏ねまわした。

その淫猥《いんわい》な手つきに、胸の先端が次第に固く尖《とが》っていく。それは軽石のように固い皮膚にざらりとこすられると、ぴりりと痺《しび》れた。

「――ぁ…っ」

思わず息を吸ったとたん、声がこぼれてしまう。

「いいぞ。…おまえも愉しめ」

ライオネルは喉を鳴らして言った。

(愉しむって…どういうこと?)

訊ねるように見上げると、彼は口の端を持ち上げる。

「こっちもほしいのか?」

問いながら、もう片方のふくらみを、空《あ》いている手ですくい上げ、ふるん、と盛り上がった頂を口に含んだ。

「ひゃ…ぁ、…っ」

ぬるりとした感触に包まれ、ちゅぅっと吸い上げられると、やわらかな薄紅がたちまち硬《かた》くなっていく。彼は隆起《りゅうき》したそれを吸い上げながら、飴玉《あめだま》のように舌《した》の上で転がした。

「は…ぁあっ…」

淫らな口づけに肩をふるわせていると、さらに反対側のふくらみも、屹立《きつりつ》を指先でこしこしとしごかれる。

「は…ぅ…っ」

敏感な箇所をふたつ一度にいじられ、鈍《にぶ》い痺れが背筋を這った。ティファニーは息を詰め、快感をこらえて身体を丸める。

「は、ん…っ」

「ティファニー。声、聞かせてくれ…」

「そんな、…と、できな…ぁ、…あぁ…っ」

ゆるゆると首をふったとたん、ぬれた舌先が乳首をきつく吸い上げながら、先端をくすぐった。ふいの刺激に、たまらず声がもれてしまう。

するとライオネルは、さらにそれをくり返した。先端がじんじんし始め、それをさらにぬめった舌でねぶられると、そこから発する痺れは次第に鋭いものとなっていく。

「や、それ、あぁ…っ、ん」

身もだえるティファニーの、反対側のふくらみを手ですくい上げ、頂を指先でくにくにとねじりながら、ライオネルは口を開いた。

「いや？　…これ、いやか？」

問いかける口調とは裏腹に、灰色の目には笑みがにじんでいる。それを見れば、答えを予測していることは一目瞭然《りょうぜん》だった。

「ん、あ――ぁ…っ」

実際、やわらかな果実をおいしそうにほおばられ、勃《た》ち上がった芯を舐《な》め転がされるのは、痛くも、恐ろしいことでもない。

真っ赤に上気した顔と、涙のにじんだ瞳で、ティファニーはゆるゆると首をふった。

「や、じゃ…ない…」

「いい子だ。素直なやつには、たっぷりご褒美《ほうび》があるぞ」

上機嫌で言いながら、彼はさんざん嬲《なぶ》った乳首に軽く歯を立て、きつく吸う。かと思うと、尖りきったそれを、ざらりぬらりと艶《なま》めかしく舐め上げた。

「んっ、んん…ぁ…あぁっ」

「気に入ったか。こっちにもしてやろうな」

しばらくねぶった末に、くちびるは反対側に移動する。それまでに指でじっくりいじられていた乳首は、熱くぬめった舌に包まれただけで、ぴりぴりと痺れた。おまけに吸われるに至って、あまりの気持ちよさに胸を突き出してふるえてしまう。

「ふ、ぁぁぁ…んっ」

胸ばかりいじられているはずなのに、気がつけば愉悦《ゆえつ》の波は、腰まで達《たっ》するようになっていた。ぞくぞくとした甘苦しい痺れが、少しずつ下腹部に溜まっていく。

そのとき、ぬるり…と下肢《かし》でにじみ出たものの気配に、はっとした。気づかれないよう、もぞもぞと脚《あし》を重ね合わせる。

けれどライオネルは、その仕草に気づいたようで、夜着の裾《すそ》から手を差し込んできた。それは肌ざわりを味わうように何度か大腿《だいたい》をなでまわした後、脚の付け根へと向かう。——が。

「あ、…ん」

何かを考えてのことではなく、反射的に身体が逃げてしまった。彼の腕の中で、気がつけば上体を丸めて横を向いてしまっている。やはりあの、最初に無理やり奪われた際の苦痛を、身体が覚えているのかもしれない。

彼もそう思い至ったのか、ことさら追い求めてこようとはしなかった。

その代わり、脱げかけていた夜着を肩から完全に取り払い、目の前にさらされたうなじへとしゃぶりついてくる。

「やぁ…くすぐったい…っ」

甘く噛まれる感触に、思わず首をすくめた。

「…いや？」

「や…じゃない、けど――くすぐったくて…ひぁんっ」

うなじのやわらかい箇所をくちびるで吸われ、舌で舐められ、甘えるような声を上げてしまう。耳元で響くぴちゃぴちゃという音に、耳朶《じだ》までが敏感に張りつめた。

「ラ…ライオネル…ッ」

やっぱりこのくすぐったさは我慢できないかもしれない。そう訴えようとするものの、首をすくめて逃げるそばから舌が追いかけてきて、肩がわなないてしまう。

「やっ、…やっぱり、だめ…ぇっ」

「首が弱いのか。いいことを知った」

「あっ…ん、ひゃっ…ぁあっ」

身をくねらせるティファニーを、彼は腕をまわしてつかまえた。自分に引き寄せ、うなじを執拗《しつよう》に舐めては吸い上げる。

「あっ、…やぁっ、あぁ…んっ」

ぬめった舌でくすぐられ、ちゅくちゅくと吸われているうちに、下肢の蜜《みつ》がまたしてもにじみ出してくるのを感じた。

(く、首なのに…どうして――…っ)

「はぁ…、はぁ…っ」

「あと他には？　どこに弱いところを隠しているんだ？」

そんなことをつぶやきながら、不埒な舌とくちびるが背骨をたどる。

ひとつひとつのくぼみに至るまで丹念に舌を這わされ、はしたない声が、こらえる間もなくこぼれ出た。熱くなっているのは、体温や、吐息ばかりではない。頭の中までもが熱を発し、ぼうっと霞《かすみ》がかっていく。

「ひ、あ、あ…ぁぁあっ」

ティファニーを愛したい、と彼は言った。それはこの行為そのもののことを指す言葉なのだろうと思った。けれど、そうではなかったかもしれない、と気づく。

彼はティファニーの身体をすみずみまで知り、できる限り悦《よろこ》ばせようとしている。その気持ちと、行動とのすべてを「愛したい」と表現したのかもしれない。

そう感じるほど、ティファニーの快感を掘り起こそうとする彼の淫戯《いんぎ》はひたむきだった。

「はぁぁぁ、ぁ…っ」

身体を丸めていたはずなのに、舌で背骨を探索されるうち、気がつけば弓のように背を反《そ》らせていた。逃《のが》れようとしかけてソファーの上によつんばいになり、あられもなく身もだえる。

「刺激的な格好だな。乗ってくれと言わんばかりじゃないか」

苦笑しながら、ライオネルは自分の身体を重ねるようにして背後から抱きしめてきた。そして空いている両手で、胸のふくらみをまさぐり、強めの力で揉《も》みしだく。

うなじにしゃぶりつかれながら、固く敏感《びんかん》な粒《つぶ》を指先でつまみ出され、くりくりと刺激されると、逃げ場のない快感にたまらなくなる。

「あぁぁぁ…っ」

甲高《かんだか》いあえぎ声が、静かな寝室にひときわ響きわたった。ソファーの座席についた手がびくびくとふるえ、力が抜けてしまう。

ライオネルは、ぐったりとした身体を抱え直しながら、今度は自分がソファーに腰を下ろした。そしてひざの上にティファニーを横座りにさせ、左腕でその身体を支える。

「これで顔が見える」

右のほっぺにキスをして、屈託《くったく》なく笑った。けれどその左手は卑猥《ひわい》きわまりない手つきで胸をもみ、右手は夜着の裾に潜り込んで、今度こそ秘裂《ひれつ》にふれてくる。

そこがどんな状態か、想像するのも恥ずかしかった。

夜着の中で、太い指が秘裂をぱっくりと割り、溝の中をぬるりとなぞる。

「やぁっ…」

「すごいな。もうこんなにぬれてる…」

指先は、ちゅくちゅくと音をたてて、何度も秘裂を行き来した。ティファニーの火照《ほて》った頬がさらに熱くなる。

「あっ、…い、言わないで…」

「なんでだ？　言ったろ。おまえを愛したいんだって。気持ちよくなってほしいんだから、たっぷりぬらしてるほうが、オレはうれしい」

「きゃぁっ…」

言葉とともにぬるん、と花芽を押しつぶされ、大腿が跳《は》ねた。

夜着に阻《はば》まれて見えないが、指は溝から蜜をすくい上げては、敏感な粒にまぶして、転がしているようだ。

「んっ、…あ、あぁ、ぁん…っ」

捕まえられないのを愉しむように、つまんではぬるんと逃がし、またつまんで…とくり返す。かと思うと、ふいに爪でこすり上げられることもあった。

「きゃぁぁ…っ、い、いきなり…あ、ぁぁぁっ」

過敏な粒は、何をされても鋭い快感を発し、そのたびにティファニーはびくんびくんと大腿を浮かせて、背筋をこわばらせる。そして幾度となくひるがえる愉悦をこらえるように、膝頭《ひざがしら》をぎゅうっと重ね合わせる。

しかしライオネルはそれが不満だったようだ。

「ティファニー、そんなに固く閉じられてたんじゃ、ちゃんといじれない」

大腿をなでながらぼやく。

「脚をちょっと開いてくれ。…もっとだ。いや、このくらい」

言いながら、彼はティファニーの片方のひざを持ち上げ、くるぶしをひょいとソファーの背に引っかけてしまった。

「あ、や…っ」

夜着の裾はお臍《へそ》のあたりまでめくれ上がり、もともと上がほとんど脱がされていたこともあって、それはティファニーの腹部でくしゃくしゃになる。

一方、反対側の脚はソファーから下ろされた。足裏が床の絨毯の感触を感じている。

ソファーの上で脚を広げ秘部《ひぶ》をさらす――そのあまりにもはしたない格好に、ティファニーは動揺してしまった。

「こ…こんな、…っ」

「いやか？　いやなら閉じてもいいんだぞ」

そう言いつつも、ライオネルはぬれた指で秘裂をたどるや、蜜口《みつくち》にそれを挿し込んでくる。

じゅく…と、中に太い指が侵入してくるのを感じた。

ティファニーがわずかに身体をこわばらせると、彼は親指で、ぴんと勃《た》ち上がっていた秘《ひ》玉《ぎょく》をくにくにと転がしてくる。

「きゃぁ、ぁぁ…っ」

とたん甘く駆け上がってきた喜悦《きえつ》に、背中を預ける彼の左腕の中で、上体を打ちふるわせた。

強い羞恥を感じるのに、脚を閉じることができない。

「なぁ、見えるだろ？　ここ…」

低く潜めた声が、耳元でいやらしくささやいてくる。

「おまえの、この…かわいいところが、オレの指を飲み込んで一生懸命しゃぶってる」

言われなくても、目に入っていた。脚の間にある双丘《そうきゅう》に彼の指が埋《う》まり、それがぬちゅぬちゅという粘《ねば》ついた水音をたてて卑猥《ひわい》に動く様が。

彼の手のひらは、蜜にぬれててらてらと光っている。それは指をより奥へ入れようとするかのように、蜜口に押しつけられてきた。秘玉を悪戯《いたずら》する親指も、少し力を込めてくる。

「ん、ぁ、ぁぁぁ…んっ」

秘玉に加えられる刺激と、中に何かを埋め込まれた感触に、背筋をぞわぞわと快感が走った。

すでに蜜洞《みつどう》は、差し込まれてきたものに自《みず》らからみついている。ライオネルはそれを知らせるかのように、まとわりついてくる媚壁《びへき》を、わざとらしくぐちゃぐちゃと音を立ててかき混ぜた。

「ふぁっ、…ん…んん…ぅっ」

「気持ちいいか？」

訊ねながら、彼は左手でまさぐっていた胸の先端をきゅっとつまむ。

「あぁっ…」

「いま、指をぎゅぅっと締《し》めつけてきたぞ」

「だ、だって…」

「感じやすい胸を急にいじられたんだもんな。…指、もう一本くらいいけそうだ」

揶揄《やゆ》するような声とともに、新たな指が蜜壺《みつつぼ》に押し入ってきた。

「はぁ、ぁあん…っ」

体格に見合い、彼の指は太くて長い。それが二本も挿しこまれると、蜜口はいっぱいに拡がってしまう。中の圧迫感もそれなりになり、少しずつ息をはいてそれに慣れようとした…その矢先、二本の指は突如《とつじょ》ばらばらに踊《おど》り出した。

「きゃぁあっ、…あぁっ、あぅ…っ」

わがまま勝手な指の動きに、背をのけぞらせる。まとわりつこうとする内壁を、指の腹で何度もひっかかれ、とてもじっとしていられない。

「ひぁっ、…あぁ、…やっ、それ、…ぁんっ」

大腿は、ひっきりなしにびくびくと痙攣《けいれん》した。自分の身体が中のものをきゅうっと締めつけるのを、下腹部で感じ取る卑猥《ひわい》さにくらくらしてしまう。

「や、あぁ…あんっ」

「いま、いやって言ったか?」

「だって…あっ、あぁ…っ」

行為に慣れているライオネルのふれ方は、やさしく、同時にあまりに淫らである。

おまけにいまは、彼の人となりを多少なりとも知り、その想いを知り、彼が自分自身の情欲を満たすことよりも、ティファニーを悦ばせることを優先していることを知っている。

欲望に負けてはならないと感じるティファニーの幼い理性は、そんな彼の姿勢と、巧《たく》みな指《し》淫《いん》の前に、もろくも陥落《かんらく》しかけている。

くちゅくちゅと音を立てているそこが、彼の指をすっぽりと咥《くわ》え、ひっきりなしにこぼれる蜜で手のひらをぬらしているのを見ると、いけないと思うのに、なぜか身体の奥が熱く燃え立ち、せり上がる喜悦にふしだらな声を発してしまう。

「快楽に素直なのはいいことだぞ。そのほうが人生楽しめるからな」

ぱっくりと開かれた脚を閉じないでいる理由を探しながらも、訪れる愉悦に思考を押し流されていたティファニーの様子に、ライオネルが喉を鳴らした。

「教えてやるよ。オレの指がおまえにどれほどの恍惚《こうこつ》をもたらすのか」

彼は、腕の中で絶えず身をくねらせるティファニーのこめかみに、頬に、ちゅっちゅっと口づけてきた。

「うんと気持ちよくして、この身体に教え込んでやる」

指の動きが忙《せわ》しなくなり、小刻みに突き上げてくる。びくびくとうねる蜜洞《みつどう》の様子を探りながら、ティファニーの腰の奥に溜まった熱を高めていく。

「あっ…、あっ…、あぁっ…」

淫唇《いんしん》はたっぷりとあふれた蜜にうるみ、太く長い指を貪欲《どんよく》に呑みこんだ。

涙にあふれた青い瞳を伏せて身体を丸めたところで、ライオネルの手のひらが、強く蜜口へ押し当てられてくる。最奥まで指を埋め込みながら、入口の部分を手のひら全体でぐいぐいと押しまわす。放すまいとからみつく内壁が、ぐちゅぐちゅといっそう大きな音をたてた。

「あぁっ、そんな、に…しちゃだめ…ぇっ」

「そんなはずない。ここをこんなに腫《は》らしておいて、激しくしないですむはずがない」

充血《じゅうけつ》して尖《とが》っている秘玉を、固い手のひらが強く押しつぶす。

「きゃあぁぁ…っ」

痛みよりも、鋭い快感が弾《はじ》け、腰が浮いてしまった。その時、ねらいすましたかのように彼の左手が、つかんだ胸をやや乱暴に捏ねる。興奮に尖っている先端を指先できつくつままれる。

「やぁっ、…だめっ…、そんな、ぁぁあっ…」

「もっとだ。もっといやらしくもだえろ、ティファニー」

「やっ、やぁぁ…！　そこっ、…そこ、だめなの…っ」

だめ押しとばかりに、太くて長い指の先が内奥《ないおう》の鋭敏な部分——指先がかすめただけでぞっとするほど弱い箇所を、ぐりぐりと責めてきた。

衝撃的な快感に、ティファニーは彼の指をぎゅぅっと咥えたまま、蜜を散らす勢いで腰を振り立てる。

「やっ、だめ、あっ、あぁぁあぁぁ…っ」

いくつも重なった責め苦に耐えきれず、ティファニーは押し寄せる喜悦の波に、一気に高みへと押し上げられた。

「ひ、あぁぁっ、あ、ぁぁ…っ」

下肢であふれ出した激しい愉悦に、がくがくと身体が引きつる。蜜壁《みっぺき》ははしたないほど、ぎゅうぎゅうと強く指を締めつけた。

ソファーの背に引っかけられた爪先《つまさき》までもが、ぴんとのびて痙攣する。しかしその爪先は、やがて力を失った。

「あぁ…、はぁっ…ぁ…っ」

「いい子だ、ティファニー。達《い》ったな？　オレの指で気持ちよく達ったんだな？」

ライオネルは機嫌がよさそうに耳元でささやき、そして首筋に口づけてくる。

「どうだ。なかなかいいもんだろ?」

「はぁ…、ぁ…、…っ」

訊ねる彼は、くったりと自分の腕に身を預けるティファニーの秘処《ひしょ》に、指を挿したままだった。それをゆるりと動かされ、小さく息を詰める。

そのとき、あることに気がついた。着衣が乱れているのはティファニーだけで、ライオネルは衣服を身につけたまま。おまけに激しく乱れているのもこちらだけだ。

ライオネルは、いつもと変わらぬ余裕の笑みで、こちらを見下ろしてきている。

「――っっ」

とたんに生まれた強い羞恥に、頬が染まった。ソファーの背からあわてて足首を下ろす。

ライオネルは、蕩《とろ》けた蜜壺の中で、余韻《よいん》をもたらすように、ぐちゅりと指をまわした。

「はっ、あ…っ…」

「もう一度してやろうな」

「…ぁ…っ。い、いや。もうだめ…っ」

「もう?」

意外そうな問いに、こくこくと何度もうなずく。

いまになって我に返り、急に恥ずかしくなってきたから…、とは言えない。考えをめぐらした末、うるんだ瞳で無難《ぶなん》に告げた。

「もう、眠いの…」

　とたん、ライオネルはぐったりと脱力するように頭《こうべ》を垂《た》れる。そしてぎゅうっ！　と強く抱きしめてきた。

「だめだ。やっぱり心臓がもたん…！」

「んっ、く、苦し——…」

「あぁ、すまんすまん。あんまりかわいいことを言うから」

　はっとしたように力を抜き、それから彼は顔を上げた。

「ティファニー。…キスしてもいいか？」

「…え？」

　問われてから、そういえば今夜はしていなかった、と気づく。わざわざ訊くということは、遠慮していたのだろう。

　期待を込めて見つめられると拒みきれない。そして彼のくちびるにいつも目を惹《ひ》かれるティファニー自身、決していやとは思えなかった。

「——…」

　おずおずとうなずき、恥ずかしさをこらえて目を伏せる。

　ライオネルは静かに、そして驚くほど慎重にくちびるを重ねてきた。まるで神聖な儀式ででもあるかのように。

少しかさついて、温かく、弾力のある——それはひどく甘やかな感触で、ティファニーの胸をふるわせる。

伏せていた目を上げると、もどかしげにこちらを見つめる灰色の瞳と目が合った。あたたかな息がくちびるをかすめ——ライオネルはもう一度、それを重ねてくる。今度は自分のくちびるで、ティファニーのそれを挟むようにして、感触を味わっていた。

「…っ、…」

先ほど指でなぞられ張り詰めていたくちびるが、またもやジン…と甘く疼き始める。さらにそれをちろちろと舌先で舐められると、首の後ろがぞわぞわとして、変な気分になってきてしまった。

「も、いや…」

か細く言い、頭をふって逃れようとすると、ライオネルは名残惜しげにくちびるを解放する。

「次はもっとイイこと、教えてやろうな」

「——…」

また次があるらしいと知り、ティファニーは少し不安になった。これが夜毎《よごと》の慣《なら》わしになるのだろうか。

今夜のことですら、知らなかったことをたくさん教えられた。まるで自分とは思えないようなふるまいばかりした。こんなことを続けていたら、いずれ自分が変わってしまいそうだ…。

漠《ばく》とした心配と、とまどいを感じながらも。

次は自分一人だけ乱れるというのはやだなと、ティファニーは頭の隅《すみ》でちらりと考えた。

3章　甘やかな陥落

大胆不敵《だいたんふてき》に押し入ってきた舌《した》に、口腔《こうこう》内の感じやすい箇所を念入りに舐《な》められ、背筋を這《は》い上がってきた淫猥《いんわい》な感覚にくぐもった声がもれる。

「んっ、…ふぅ…ん、…んんっ」

ちゅくちゅくとみだりがましい音を立てて、無心にティファニーのくちびるを貪《むさぼ》る相手は、先ほどからずっと、ティファニーの身体《からだ》を抱きしめて放さなかった。まるで、腕の中で甘美《かんび》な痺《しび》れに打ちふるえる様《さま》を楽しむかのように、たくましい身体をぴったりと密着させてくる。

唾液《だえき》にぬれた舌をもつれ合わせ、尖《とが》らせた先端で敏感《びんかん》な舌の上をくすぐるようにえぐり、強く吸い上げ――どんな動きにも迫るような熱がこもっていて、ティファニーはからめ取られた舌だけではなく、心まで痺れてくる心地だった。

溺《おぼ》れるほど濃厚なキスに、すでに立っていられない状態である。すがるティファニーを片手で苦もなく支えながら、彼はもう片方の手で胸をまさぐってきていた。いやらしい手つきでふくらみを弄《もてあそ》ばれ、尖った突起《とっき》を指先で押しつぶされると、それが服の上からであるにもかかわらず、ぴくんぴくんと肩が揺れてしまう。

「んんっ、…んぅっ…、ふ…、っ」

深い口づけと、ティファニーの官能《かんのう》をよく知る手による愛撫《あいぶ》に、鼓動《こどう》も体温も高まるばかりだった。

夜の甲板《かんぱん》は、風があるものの寒くはない。むしろ口づけに火照《ほて》った身には、涼しくて心地よく感じるほど。

満月の今夜、月は手が届きそうなほど大きく、あたりを明るく照らしていた。

船の船尾《せんび》側にある後甲板は、いつもであれば人が絶えることのない場所だが、いまは誰もいない。ライオネルがティファニーを連れ出したのも、そのためだった。

彼は、ティファニーの姿をなるべく船員たちの日にふれさせないよう気をつけているため、普段は自分の部屋から出そうとしないのだ。

「首領の女に手を出すような不届き者はいるはずないが、それでも皆、しばらく女と縁がないのも確かだからな。甘く見ないほうがいい」

そういうわけで、ティファニーは大抵、ライオネルの部屋で本を読むばかりだった。

けれど、ずっと室内にいるのも息が詰まるだろうと、夜や朝方など人気《ひとけ》のない時には、こうして外に連れ出してくれる。

今夜はどうやら、何かの宴会があるらしい。遠くからにぎやかな音楽や笑い声が聞こえてきた。訊《き》くと、船員たちは見張りの者を除き、船の舳先《へさき》側にある前甲板に集まって騒いでいるという。

ライオネルは少しだけそれに顔を出した後、抜け出してティファニーの部屋へやってきたようだ。そして二人で後甲板まで、散歩しにきたところである。

しかし――満月の光が穏やかな海面を照らす幻想的な光景に、ため息をついて見入っていたティファニーに、彼は突然口づけてきた。

「こんなところで…」

「たまにはこんなのもいいだろ?」

口づけの合間にこぼれたとまどいは、ライオネルに吐息《といき》ごと吸い込まれてしまう。

「で、でも人が来たら…」

「誰も来ねぇよ。今夜はみんな、宴会でうまい飯と酒にありつくことに夢中だ」

「…、ん…、んんぅ…っ」

角度を変えたくちびるが、より深く、少しの隙間《すきま》もなく重ねられてくる。押し入ってきた舌は、勝手知ったる口腔内を悠然《ゆうぜん》と蹂躙《じゅうりん》し、舐められるとじっとしていられなくなる場所ばかりを執拗《しつよう》に嬲《なぶ》って、ティファニーの身体と意識を蕩《とろ》けさせていった。

「…は…、ふ…」

ややあって彼が身を離すと、ふいに二人の間に入ってきた冷たい空気に我に返る。足腰が不安定だったティファニーは、とっさに傍《かたわ》らの舷側《げんそく》につかまった。その感触も、無機質《むきしつ》で冷たい。

「部屋に帰して。ライオネル…」

温もりを求めてのばした手からひらりと身をかわし、彼はもっとも船尾にある最上後甲板《さいじょうこうかんぱん》へと続く階段に向かう。

「何言ってるんだ。まだまだこれからだ」

声を弾《はず》ませて言い、彼はその階段にのっそりと腰を下ろした。そしてこちらに手を差し出してくる。

「来いよ、ティファニー」

そこにいるだけで周囲を圧する立派な体軀《たいく》は、自らやってくる獲物を待ちかまえるかのように、どっしりと構えている。

彫りの深い野性的な面差《おもざ》しの中、色香をたたえる官能的なくちびるが、端を持ち上げた。誘《さそ》うほほ笑みにどきりとする。泰然《たいぜん》として、自信に満ちた、濃艶《のうえん》な笑みに。

「――…」

(行ってはだめ)

諾々《だくだく》と言うことに従ってはだめだ。そんなふうに言う自分と、なぜ？　とそれに返す自分がいる。

すでにこの一週間、毎晩彼に愛されていた。

彼はティファニーに決して痛い思いをさせず、恍惚《こうこつ》だけを与えて、くり返し愛をささやいてきた。いやだと言うことは、決してしなかった。そうやって、この世で何物にも勝る宝物のように扱われることに、ティファニーの心は陥落《かんらく》しかかっている。相手が自分をさらった人間であることを考えても、それは変わらない。

さらわれないでいた時のほうが、つらいことが多かった。さみしかった。…そう思うと、差し出された手を取ることへの迷いも、なりをひそめてしまう。

「――…」

自ら足を踏み出し、差し出された手を取ったティファニーに向け、ライオネルはうれしそうに灰色の瞳《ひとみ》を輝かせた。そして背後から抱きしめるようにして、自分のひざの上に座らせる。

「いい子だ。ご褒美《ほうび》に、今夜もたっぷりかわいがってやろうな」

低くささやかれた声に、頬《ほお》がカァァッ…と赤くなった。

(べ、別にそれを期待してたわけじゃ…っ)

そんな思いも、大きな手に胸の果実をまさぐられると、早々にかき消されてしまう。

「…はぁ…っ」

「なんだ。もうここが勃《た》ってるじゃないか。オレのキスがそんなによかったか？」

「あ、あぁっ…」

痛いほど凝《こ》った頂《いただき》を指先でつままれ、こらえるように身体を丸めた。背中を相手に押しつけたところ、鍛え上げられた硬《かた》い胸板の隆起《りゅうき》を感じてしまい、頬が染まる。

力強い鼓動。そして悩ましい体温。毎夜くり返される淫靡《いんび》な責め苦を通して、その重みと熱さ、そして汗のにおいには、もう慣れていた。逆に言えば、それらを感じると、ティファニーの身体は官能の予感に火照り出すのだ。

「…ふ…、ぁ、…はぁ…っ」

やわらかなふくらみを緩急つけて揉《も》まれ、感じやすい突起《とっき》が熱く疼《うず》いた。身体の奥底から妖《あや》しい熱がこみ上げてきて、ティファニーの吐息を湿らせる。

するとライオネルはやおらドレスのスカートをまくり上げ、下着《ドロワーズ》を引き下ろしてしまった。必然的に脚《あし》どころか秘部《ひぶ》までもが剝《む》き出しになり、息を呑《の》む。

「な…、な…っ」

「せっかく外にいるんだ。うんと開放的にやろうぜ」

ティファニーの肩にあごを置き、彼はからかい混じりに低くささやいてきた。そして太腿《ふともも》を押し開くようにして、無遠慮《ぶえんりょ》に右手を差し込んでくる。

「やぁあっ…」

口づけと胸への愛撫で、すでにぬれてしまっていたそこを指で開かれ、冷たい外気を感じた。

普段は下着で隠している秘部を、外でさらけだしている羞恥《しゅうち》に、目眩《めまい》がしてしまう。

「や、待って…っ、やっぱり…」

やっぱり、こういうのはやめる。

脚を固く閉じ、そう訴《うった》えようとした声をさえぎるように、大腿《だいたい》にはさみこまれていた手が不埒《ふらち》に動く。

「きゃぁっ…」

ざらついた指先で蜜口《みつくち》をくすぐられ、脚がびくりと震えた。

「お。いま蜜がとろっとあふれてきたぞ」

それをすくい取るように、指で蜜口をくるくるとたどりながら、彼はティファニーの肩口で「ん？」とだめ押しをしてくる。

「外でこんな格好してるっていうのに。…感じたのか？」

「ち、ちが…っ」

耳まで真っ赤に染めて否定すると、くすくすとゆれる吐息が耳朶《じだ》にふれた。

「かわいいなぁ、ティファニー」

「だ、だからちがうって——はぁんっ、…」

左手はねっとりと胸を捏《こ》ねまわし、右手の指は秘裂《ひれつ》の中に潜《もぐ》り込んでくる。そして前方の花芽を見つけるや、蜜をまぶした指の腹でぬるりぬるりと転がしてきた。

「あぁっ…、いっ、ん、ぁあぁ…っ」

腰をびくつかせるティファニーの花芽をくにくにとつまみながら、彼は意地悪く訊《たず》ねてくる。

「いい？　いや？　どっちだ？」

「い、やぁっ、あっ、…あぁん」

指淫《しいん》に、花芽がぷっくりと勃ち上がっていくのを感じた。鋭く弾ける喜悦《きえつ》にもだえていると、ふとあることに気づく。

硬く尖《とが》った粒《つぶ》をつまみ、押しつぶし、転がし…、と刺激する指の動きが、左右でまったく同じなのだ。

「でもおまえ、こうして胸の蕾《つぼみ》をいじられながら、この突起をいじめられるの、好きだろ？」

「す、好きじゃ、ない…、わ——あ、や、きゃぁ、ぁぁぁ…っ」

胸の頂と、秘玉《ひぎょく》と。鋭敏《えいびん》な突起をくりくりと同時に指の腹でこすり上げられ、双方から甘い旋律《せんりつ》が迸《ほとばし》った。あふれ出した快楽から逃《のが》れようとするかのように、必死に首をふる。下肢《かし》の奥では、何をされたわけでもない蜜壁《みつへき》がひくひくとわなないているのを感じ、そのことにまた頬が熱くなった。

腕の中で身もだえる肢体《したい》を、ライオネルがゆるく抱きしめてくる。

「好きじゃないなら、なんでそんなに感じまくってるんだ？」

そして耳朶を口に含みやさしく食《は》んだ。

「おまえにきらわれたくないからな。素直になれないだけなのか、それとも本当にされたくないのか、よぉく確かめないと」

耳朶にかかる吐息に肩をすくませるティファニーの、すっかりとろとろになった蜜壺《みつつぼ》に、彼は二本重ねた指をぬぷりと挿《さ》し入れてくる。

「これは好きか？」

言うことはやさしいが、やることは悪魔のようだ。

「やぁ…っ、そんな…」

「いや？　こうしてもだめか？」

ひくひくとうごめく媚肉《びにく》をかき分けるようにして押し入ってきた指が、隘路《あいろ》をほぐすようにぐるりとまわされる。蜜にあふれた媚壁《びへき》の中を泳ぐ指は長く、信じられないほど奥まで届いた。

「あ、…やぁっ、…深…っ」

それはからみついてくる感触を楽しむかのように壁をこすり、くちゅくちゅとわざと音を立てて抜き差しをする。

敏感な箇所を巧《たく》みにいじられ、ティファニーは青い瞳に涙を浮かべて身をよじった。

「あぁっ、んっ、…あっ。やだ…それ…っ」

「これもいやだって？　そんなはずない。ここに――」

根本までしっかり挿し入れられていた指が、そのとき、奥の一点を悪戯《いたずら》につつく。とたん、総毛立《そうけだ》つほどぞくぞくとした震えが走り抜けた。

「…き、やゃぁぁ…っ、あぁぁ…ん」

「一番感じる場所があるじゃないか。オレが知らないとでも？」

最初の晩に暴かれてしまった弱点である。それ以来彼は、毎晩そこを欠かさず責めてくる。けれどティファニーはそれが苦手だった。なぜならそこをいじられると、他の場所とは比べものにならないくらい——感じすぎるほど淫らに反応してしまうのだ。

けれど太く長い指は、それをこそ望んでいるのだとばかりに、幾度もねらって突いてくる。

「やっ、あぁっ、…も、やぁっ、…あぁぁっ…」

「オレの指にそんなに感じて。いい子だ、ティファニー。いくらでもしてやる」

「あぁっ、…や、…だめっ、…も、だめぇ…っ」

「とろとろのここにさわってると、指まで勃ちそうになる」

「もう、だめっ。こ…ここでは、いやっ…、ぁっ…」

言葉とは裏腹に、そこは蜜をこぼして中のものをきゅうきゅうと締《し》めつけていた。けれどティファニーのはっきりとした拒絶に、指はいかにも渋々その場所から離れていく。少し引き抜かれる、その動きにも腰がぴくりと揺れた。

「はぁ…、はぁ…ぁっ」

「指が痛いくらい締まったぞ」

「や、やだって…そこ、やだった…、のに…」

肩で息をしながら、恨み口調で後ろを振り向くと、ライオネルは目尻《めじり》に口づけて涙を吸い上げてきた。

「もうだめか。困ったヤツだな。こんなことくらいで」

笑み混じりの声は太く、そしてやわらかい。

背後から包み込むように抱きしめられていることに、改めて気づき、ティファニーの胸がせつなく締めつけられる。

彼は汗に湿ったうなじに吸いついてきた。

「感じやすい、いい身体になった。仕込めば仕込むだけよくなってく」

「…仕込む…？」

「毎晩こうして遊んでいたから、どんどん敏感になってきたってことだ」

「そ、そうなの？　そのせいなの…っ？」

衝撃の事実に、ティファニーは声をひっくり返らせる。続けてジタバタと逃げようとした細い肢体《したい》を、彼はあわてて腕の中に閉じこめた。

「まぁ落ち着け。何度も言ってるだろ。快感に素直なほうが人生楽しめるって」

「いやらしくなんか、なりたくない…っ」

「いまさら遅い。もう色々開発しちゃったもんな」

「開発…」

「たとえばこれ」

彼が視線を向けた先――階段の少し高い位置には、木の箱が置かれていた。寄せ木細工の洒落《しゃれ》た箱である。両手に少し余るくらいの大きさのそれを目にして、ティファニーは瞳を大きく瞠《みは》った。

「それ…」

「そ。おまえの大好きな玩具《おもちゃ》」

ぱこんと片手で開き、彼は箱の中から何かを取り出した。月明かりの下にかざされたのは、男性器を模《も》した、紅縞瑪瑙《べにしまめのう》の張り型《はりがた》だった。

「いや…っ」

卑猥《ひわい》な玩具を見せられ、ティファニーは大きく首をふる。

最近襲撃《しゅうげき》した貿易船の積み荷の中にあったとかで、ライオネルは、船倉《せんそう》に放置されていたそれを見つけて以来、しばしばティファニーに使おうとする。

「…そんなの、好きじゃない…っ」

「そうか？　でもおまえ、昨日うまそうに呑み込んでたじゃないか。一昨日《おととい》も、その前の晩も」

あけすけな物言いに、その時のことを思い出し、カァァッ…と頬が熱を持った。

「ら、ライオネルが…勝手に、使ったのよ…っ」

「いやって言われなかったからな。…これ、きらいじゃないんだろう？　ん？」

赤裸々《せきらら》な問いに言葉を失った。「いや」と言うことをしないという約束は、こういうとき困る。許したことはすべて、自分の希望だと受け取られてしまうから。

（ち、ちがうわ。…ライオネルのことを好きにはなれないから、せめてなるべく「いや」って言わないようにしているだけよ…っ）

どんなに彼に尽くされたとしても、いずれ「救出」されるかもしれない自分には、彼の想いを受け入れることができない。だから彼が望むことは、できる限りかなえたいと――

必死に自分に言い訳するティファニーの心中など、かまいもしない様子で、彼はたっぷりとぬれた蜜口に、張り型の側面を押しつけてくる。硬《かた》い、無機質な感触が、ぐっと秘裂全体を押し分けた。

「あっ」

指淫のせいですっかり火照った秘裂の溝に沿って、ひんやりと冷たい石が前後する。

「ひっ、…ぁっ、…んっ」

「これ使われるの、好きだろ?」

「――…っ」

誘うような問いに、ティファニーはすぐには応えられなかった。

逡巡《しゅんじゅん》をおもしろがるように、ライオネルは、ぬれそぼった溝の中でくるりくるりと瑪瑙をまわし、全体にまんべんなく蜜をまぶしていく。

ご丁寧にも淫具《いんぐ》には、いきり立った肉茎の脈動《みゃくどう》までもが生々しく彫り込まれていた。表面の凹凸《おうとつ》でこすられると、蜜口を含めた肌の繊細《せんさい》な部分がひどく疼く。

ティファニーはひるむように、身体を背後の胸に強く押し当てた。

「や、こんな…ところで…」

「誰も見てないさ。せっかく外にいるんだ。うんと脚を広げて、淫らに呑み込んでみろよ。きっといつもより気持ちよくなれるぞ」

「…ぁっ、んっ、…ぁ…っ」

「奥までいっぱいに埋めこんで、ぐちゃぐちゃ音がするほど掻《か》きまわして、ついでに勃ち上がったこのかわいい粒を指でこすられると、おまえはいつもひとたまりもないだろう?」

「やっ、…きゃぁぁ…ぁっ」

すっかり蜜にまみれた瑪瑙の、ごつごつとした表面で花芽をこすられ、ティファニーは身を縮めてもだえる。その耳元で、悪魔がひっそりとささやいてきた。

「挿れていいだろ?」

「…ぁ…っ」

「いいよな?」

「――…っ」

返事がないことを了承と受け取ったのか、彼はその先端をぐちゅりと押し入れてくる。

「んっ…、んぅ…――あ、…っ」

挿れられてから、その思いがけない圧迫感に、涙のにじんだ目を瞠った。

「…っ、や、これ――…っ」

「あぁ、昨日のより大きい」

「ライオネル…ッ」

こともなげに告げられたことに、悲鳴のような声で抗議をする。

彼がティファニーに使ってくる淫具のほとんどは、こういった張り型だった。最初の時は小ぶりのものだったが、日を追うごとに大きいものへと替えられていっている…ような気がする。

そしていま使われているものは、これまでになく長大だった。思わず腰を浮かして逃げようとするティファニーを押さえるように、彼は肩にあごを置いてくる。

「大丈夫だって。…ほら、問題なく入っていくじゃないか」

彼の言う通りだった。ゆっくりではあるものの、それはずぶずぶと、特にさえぎられることもなく押し込まれていく。

「ふ…、深いっ…そんな、…ぁ、…だめぇ…ぇっ」

思いも寄らぬ圧迫感に、ティファニーは首をのけぞらせて甲高《かんだか》く啼《な》いた。しかしその声は、自分でもわかるほど切実さがなく、かわりにほんのり色めいた響《ひび》きを宿している。

それもそのはず。蜜壺も、瑪瑙も、充分にうるおい、そして媚壁《びへき》はここ数日、他の玩具で押し拡げられたことで、びっくりするほどやわらかくほぐれていた。

それでも、すべてが中に埋め込まれて動きが止まると、安堵《あんど》の吐息がもれる。

「…ぁっ、は…ぁ、…はぁ…っ」

そもそも茶色味の強い紅色《べにいろ》に、白や黒の筋《すじ》が交じる紅縞瑪瑙の張り型は、色が卑猥《ひわい》きわまりなかった。月明かりの下では、まるで愛液《あいえき》にまみれた男根《だんこん》そのものに見える。

外で、大きく広げた秘処《ひしょ》にそんなものを受け入れている羞恥に、ティファニーはいまさらながら狼狽《ろうばい》してしまった。

「ら、ライオネル…、やっぱり、これ――」

振り向こうとすると、彼は言葉の先を封じるように、その張り型へ、ティファニーの手を導いていく。

「ほら。自分で持ってみろ」

「いや…っ」

「そう言わずに」

あやすように言い、彼は細い手首を取って淫具にふれさせた。

「いまのうちに使い方を覚えておかないと。オレが船に乗ってる間、自分でやりたくなるかもしれないだろ？」

「…は？」

意味のわからない言葉に、きょとんとする。と、彼は「しかたないだろ」と応じた。

「オスカーじゃないが、いつまでもおまえを海賊船に乗せておくわけにもいかない。次に大きな港に降りたら屋敷を買ってやるから、そこで暮らすといい。港を見下ろす高台の、貴族たちが住むような街区にある屋敷にしよう。色とりどりの花が咲く庭園のついているものがいいな」

「なにを――」

「この道具も置いていってやる。身体が疼いたら、オレを思い出して、コレで自分をなぐさめるんだ」

そのとんでもない提案に、首をふる。

「か…勝手に決めないで。わたしは海賊のものに、なんか――…」

言いかけた言葉は、途中でとぎれた。…ライオネルのものにならないというのなら、なぜ彼にこんなことを許しているのだろう？　いやならしないと言われていることを。

（だ、だってライオネルは…わたしのために、いろいろ一生懸命《けんめい》になってくれるし――）

ライオネルはティファニーのことを好きだという。でも彼は海賊だ。船の荷を、そしてたくさんの命を奪った咎《とが》により、複数の国に追われるお尋ね者なのだ。そんな人間を好きになることなどできない。

けれど彼はティファニーを大切にしてくれる。そのことには感謝をしている。

そして彼はティファニーを愛したいという。たとえティファニーが彼を好きでなくても、彼にとっては愛する行為そのものが、ティファニーに尽くすことへの対価になるのだと。

（そう。対価――）

自分にとってこの行為は、彼がティファニーのために最大限の世話を焼いてくれることへの対価だ。

ようやくたどり着いた結論に、ほっと胸をなで下ろす。

「…港で一人になったら、…ロアンドに帰るわ」

それは、ごくまっとうな返答のはずだった。しかし相手は、笑みの中にも熾火《おきび》のような不穏《ふおん》当《とう》な感情をにじませ、低くつぶやく。

「いつまでそんな生意気が言えるかな」

「え…?」

「港に着くまでには、オレなしじゃいられない身体になってるさ」

「そんな――」

「じゃあなんだ。この期《ご》におよんで別の男と結婚するとでも?」

言うなり、彼はやおらティファニーの中に埋めたままの瑪瑙をつまみ、ずくずくと奥を穿《うが》つ。

「あぁっ、いやっ…きゃぁっ」

不意打ちで、あまりにも強い喜悦《きえつ》が弾け、腰を躍《おど》らせてしまった。奥にある弱点をごりごりと突かれたのだ。

逃げを打つそれをしっかりと抱え込み、彼は追い詰めるように同じことをくり返す。穿たれるごとに荒ぶる快感が、熱が、ほんの一瞬だった休息を押しのけてふたたび気勢を揚《あ》げ、甘苦しく苛《さいな》んでくる。

「あぁぁっ、だ…だめ、そんなふうに…動かしちゃ、ぁ…、ぁぁ…っ」

身体の奥底が熱くなり、目眩がするほどの感覚に、ティファニーの全身が跳《は》ねた。からみつき締め上げる蜜壁をものともせず、瑪瑙の淫具を小刻みに抜き差ししていたライオネルは、澄《す》ました声で言う。

「オレ以外の男にこんなことを許すのか？　おまえはここが、何よりも弱いことを教えるのか？」

「ラ…、ライ、オネル…ッ。やめっ…あっ、や、やぁぁ…んっ」

「我慢《がまん》するな。天国に行けばいい」

内奥《ないおう》の弱点を執拗《しつよう》に責めながら、彼は腰を押さえつけていたほうの手で秘玉をいじる。

続けざまの淫戯《いんぎ》にぷっくりと腫《は》れていたそれは、ざらざらとした指の腹できゅっと引っ張られ、さらなる愉悦を発した。「ひっ」と息を呑んだ瞬間、ずくずくと暴れる瑪瑙を締めつけていた内奥からも熱いものがこみ上げてき――それらはもつれ合い、全身を煽《あお》る灼熱《しゃくねつ》となって、ひと息にティファニーを絶頂《ぜっちょう》へと押し上げる。

「あぁっ、やっ、…やぁあぁぁ…っ」

きゅぅうっと収縮する蜜壁を、瑪瑙の表面の凹凸でこすりあげるように、大きく抜き差しされる。

達《たっ》している最中の刺激は、気持ちよすぎて気が遠くなりそうだった。しかし実際には意識を失うこともできず、汗ばんだ身体をのたうたせ、甘えるような悲鳴を発するばかり。

「やぁぁんっ、だっ、だめっ。…い、いま動かしちゃっ、…あ、あぁぁっ」

それは、普段の自分であれば耳をふさぎたくなるような、あられもない声だった。

達した後にまで動く淫具に、びくびくと腰が揺れてしまう。けれど固く押さえつけられたそれは淫らに跳ねることもかなわず、喜悦はかえって強く深いものとなって、ぐずぐずと奥を甘く疼かせた。

「あぁっ…はぁっ、…はぁ…、は…っ」

ゆったりと弛緩《しかん》していく肢体を、ライオネルは背後からやわらかく抱きしめる。

「他の男は、オレほど丁寧におまえをかわいがったりしない。…覚えておけ」

こめかみと耳の付け根、そして頬にキスをしながら、低く太い声は、なだめるように、やさしく言いふくめてきた。

しかしティファニーの中ではいまの、思い知らせるような行為への反発が、ゆるやかに頭をもたげる。乱れた息が整わないまま、気がつけば口を開いていた。

「…わ、からない、わ…。そんなの――…」

「言ったな」

低い声が、何かに挑《いど》まれたかのように、さらに低くささやく。

「悪い子だ。悪い子にはちゃんと教えないと」

「え?」

問い返す声には応えず、彼は道具箱から、またしても何かを取り出した。目の前に差し出されたのは――

「な…」

化粧道具と思われる太い刷毛《はけ》である。象牙《ぞうげ》の持ち手の先に、やわらかそうなイタチの毛が、ふくらんだスカートのような形で生えている。

あ然と見守るティファニーの耳の後ろで、ライオネルがニッと笑う気配がした。

「お仕置きだ」

「え…?」

穏やかならぬ物言いに、ティファニーの瞳が不安にゆれる。

と、彼は刷毛を下肢のほうへ持っていった。

「や、それ、だめ…っ」

何をされるのか、だいたい察したティファニーが脚を閉じようとするのを、空《あ》いていたほうの手で妨《さまた》げる。そして案の定、刷毛は無防備にさらされていた秘裂をなぞり、花芽をくすぐった。

「きゃあぁっ、…やぁぁぁ、ぁあぁっ…」

興奮に硬く勃ち上がっている秘玉に、細い毛の束が襲いかかる。チクチクと全体を刺激され、ティファニーは身体を大きく弓なりに反《そ》らせた。

「だめっ、それ…、だめぇっ、ぁ、あぁぁぁん…っ」

官能の稲妻《いなずま》が下肢を灼《や》き、強い光が目裏《めうら》で明滅《めいめつ》する。

やわらかい毛は、剝《む》けきった包皮《ほうひ》の内側にまで入り込み、毛先で甘やかにつついてくる。その鋭い刺激に、汗ばんだ肌がぞっと総毛立った。物を考えることもできないくらいの快感に思考を閉ざされ、ただひっきりなしに嬌声《きょうせい》をこぼす。

「あぁぁっ、あんっ、こすっちゃ、だめっ、だめぇ…あぁぁ…っ」

下腹部の奥から迸る甘く苦しい感覚に、腰がびくびくと揺れてしまう。

充血しきった鋭敏な粒は、吐息にすら反応するだろうに。ライオネルはそんな状態の淫核《いんかく》を、なおも意地悪く刷毛の毛先でチクチクと転がしながら、舌なめずりをするような口調でささやいてきた。

「気づいてるか？　ティファニー。おまえ、いやじゃないとき、だめって言うんだぜ？」

「ひぅ…っ」

強すぎる官能に意識がぼんやりと霞《かすみ》がかってくる。

しかしそれを圧してあまりある勢いで、滾《たぎ》る快感が背筋をせり上がってきた。きゅぅっとそこが勝手に引きしぼられ、奥まで埋め込まれた瑪瑙の玩具に艶《つや》めかしくからみつく。膨れあがる熱に全身を火照らせ、ティファニーはひくひくとふるえながら身をくねらせた。

「いやっ、…それ、い、…いやぁ…っ」

こんなにも無機質で激しい行為など望んでいなかった。そんな思いで、自分に与えられたただひとつの力を行使する。

すると、ライオネルはふと刷毛を動かす手を止めた。

「いやか？　じゃあ仕方がない」

まるでオルゴールの蓋《ふた》を閉めるかのような——それはあまりに突然で、あっさりとした幕引きだった。そしてその後には、絶頂に向けて昂《たか》ぶりかけていた身体《からだ》が、ぽつんと取り残される。

「あ…っ、あ…ぁ…」

「気に入ってもらえると思ったんだけどな…」

悩《なや》ましく身震いするティファニーの様子に気づいているだろうに。刷毛を箱の中に置いたライオネルは、気の乗らない様子で、埋め込んだままの瑪瑙に手をのばし、じゅくりじゅくりと抜き差しをするばかり。

しかしいまティファニーが必要としているのは、そのように緩慢《かんまん》な刺激ではなかった。

「…っ、ん…、あ…ぁん」

「どうした？　腰が揺れてるぞ」

わざとらしく問いかけてきた彼は、ティファニーの小さな手を取って、紅縞瑪瑙《べにしまめのう》へと導いていく。

「自分でやってみるか？」

うながす声音《こわね》に、刷毛を片付けた相手の真の目的を察した。

「ライオネル――」

「手伝ってやるから。ほら」

「……」

その、子供を遊びに誘うような…親しみを込めた低い声に、身体ではない、心の奥が疼く。自分をすっぽりと包みこんでくる、大きな身体そのままの体温を、その声に感じてしまったのだ。

うながされるままに、ティファニーの指がぎこちなく淫具にふれ、蜜にまみれてぬるついた持ち手をつまんだ。

「こうするんだ」

「あっ、…あっ…」

大きな手が自分の手に重なり、しっかりと全体を埋め込むようにして、ずくずくと瑪瑙を動かされる。

蜜口部分にある持ち手を揺らしただけなのに、でこぼこした表面が媚壁《びへき》をこすり、固い先端がうんと奥をえぐる。

「あっ、…あぁっ、ぁぁ…っ」

もっとも感じてしまう場所をぐりぐりと刺激され、媚壁がそれをきゅぅっと締めつけるのを感じた。自分の手で動かしたものへのそんな反応が、めくるめく羞恥となってティファニーを襲う。

「こん、な…こんな…っ」

身体をひくつかせてそれ以上の反応をこらえるものの、その身の内ではまだ、膨張《こちょう》したままやり場のない喜悦がぐつぐつと煮えたぎっている。すんでのところで恍惚《こうこつ》の頂《いただき》を奪われた身体は、それでなくてもひどく刺激に弱かった。

あと少しのそれを追いたいと、ふるえるほどに望んでいるというのに、ライオネルは無情にもそこで手を放してしまう。

「自分でできるな?」

「…はぁ…、は…っ」

自分で自分に、こんなにもいやらしいことをするなんて。…最後まで引っかかっていたそんな理性は、いまの刺激にこみあげてきた淫蕩《いんとう》な感覚に、抵抗も虚《むな》しく押し流されてしまった。

ぬるついた瑪瑙を持つ手に力を込め、そっと揺らしてみる。

「あっ、…ん、ぁぁ…っ」

ずぐ、と中で動く感覚に、顔《あお》が燃えるように熱くなった。押し込んだ際、手にふれた秘処の蕩《とろ》けた感触にもまたその熱を煽られる。

「や、やぁっ、こんな…あっ、ぁぁ…っ」

目のくらみそうな恥ずかしさに打ちふるえながらも、手が動き出す。それが自分の意に沿ってのことか、反してのことかは、考えないことにした。

「そうだ。その調子だ」

強くそそのかす悪魔の声が背後で響《ひび》く。その大きな手はティファニーの胸の果実をつかみ、達しかけた際の余韻《よいん》に張りつめていたそれらを、強くにぎるようにして揉みしだき始めた。

「あぁっ、だ…、だめっ、…いま、いじっちゃ…っ」

傲慢《ごうまん》にして繊細、容赦がない上に巧みな手つきに、胸の奥からもじんじんと甘い疼きが湧《わ》きだしてくる。合間に硬く尖った先端をいじられると、たまらなかった。

「やっ、やぁっ、も、もう…っ」

胸への手淫《しゅいん》に蜜口がひくつくのが、瑪瑙を持つ手にまで伝わってくる。その淫猥《いんわい》な感覚に我慢できず、ティファニーは淫具を先ほどよりも大きく抜き差しした。

幾重《いくえ》にも重なった興奮に刺激され、物欲しげにうごめく媚壁を、じゅぶじゅぶと蜜を鳴らしてかきまわす。みっしりと内部を埋め尽くす大きな石は、動かすだけでざらざらと蜜洞《みつどう》をこすりたて、さざ波のような愉悦をもたらした。

「やぁんっ…、あっ、…あぁっ…はぁんっ」

「いいぞ。甘ったるい酒みたいな、たまんない啼き声だ」

興奮したようなライオネルの声が、耳元で響く。胸を捏ねまわしていた手の動きが、いっそうねっとりと淫靡《いんび》なものになる。

「もっと聞かせてくれ」

「はぁっ、…ぁんっ、んっ…」

自分の声と行動に、彼もまた昂《たか》ぶっていることを感じながら、ティファニーは瑪瑙の先端で、彼に教わった部分を探し、必死に押し当てた。するとどうしようもなく感じてしまい、下腹部で煮えたぎっていた官能がのっそりと浮き立っていく。

幾度かの抽挿《ちゅうそう》の後、蜜壁が、きつく引きしぼるように淫具を締めつけた。

「あんっ、あっ、あぁ…んっ、あ、あ、――っあぁぁぁ…っ」

ようやく解放された、ぞくぞくとした淫蕩《いんとう》な歓喜が身の内を縦横《じゅうおう》に走り抜ける。

背中をのけぞらせ、広げた足の先までもビクビクと痙攣《けいれん》させて、ティファニーはせり上がってくる大きな波に身をまかせた。

「あぁぁ…んっ、あっ――」

全身をふるわせて、甘苦しい官能を感じている最中だというのに。

「…あぁっ、…あっ、だめぇっ、…それ、それだめぇ…ぇっ」

ライオネルは、ぽってりと腫れて開ききった淫唇《いんしん》の中、蜜に溺《おぼ》れるようにして屹立《きつりつ》していた秘玉に、刷毛を押し当ててくる。

「あぁあっ、…やぁあっ、ぁあああぁぁんっ」

静かな夜の甲板《かんぱん》に、ひときわ高く甘い嬌声が響きわたった。

鋭敏《えいびん》すぎる箇所を襲うチクチクとした感覚に、達している身体が、さらなる高みに押し上げられる。毛先の感触から逃れたいのに、ガクガクとゆれる腰はまったく言うことを聞いてくれない。

「いやぁあっ、…や、…やめてっ、それ、い、いやぁぁ…っ」

「いやか。…じゃあ仕方がない」

喉《のど》をのけぞらせてもだえるティファニーの秘処から、ライオネルは、今度はゆっくりと刷毛を離した。しばらく物も言えずに胸を大きく上下させていたティファニーは、ややあってぴくん、ぴくんと肩をふるわせながら、荒い息の合間に乞《こ》う。

「こ、これ…取って…」

しっかりと埋め込まれたままの瑪瑙を、どうすればいいのかわからない。ぬるついた持ち手を押さえて途方に暮れていると、彼は肩口でうなずいた。

「あぁ。その代わり――」

いつも迷いのない低い声が、その時、ほんの少しだけためらうように揺れる。

「…オレの、挿《い》れていいか？」

耳元で響いたふいの問いに、ティファニーは疲労のあまり半分閉じられていた青い瞳を、ぱちりと開いた。

（――え？）

これまで彼は、自分の欲望が昂ぶった時も、こちらの目にふれない形で処理していた…ようだったのに。

（いきなり…どうして…？）

最初の時の、身体を裂《さ》かれるような痛みを思い出してためらっていると、声は慎重《しんちょう》に続ける。

「頼む。大事に、ゆっくりやるから…」

そして懇願《こんがん》するように、こめかみから首筋にかけて、キスの雨を降らせてきた。

（い、痛いのは、いやだけど…っ）

けれど、いつもいつも自分が奉仕《ほうし》され、乱れさせられるばかり。もし…彼もいっしょに溺れてくれるなら、一人で恥じ入らずにすむのに。――事を終えるたび、そんな考えが頭をよぎっていた。だからこれは、それを試すいい機会なのかもしれない。

やわらかなキスを幾つも受けながら、迷いを払って心を決めたティファニーは、だまって小さくうなずく。

それは相手に伝わるかどうか疑問なほどかすかな仕草だったが、ライオネルは「そうか」と声を浮き立たせた。

そしてティファニーのうなじに強く口づけ、くちびるをつけたままささやく。

「何も心配することはないからな」

「――…」

こちらが返事をする前に、彼は紅縞瑪瑙をぬぷん、と取り出した。さらに「ん…っ」と身ぶるいするティファニーを両腕で抱き上げるや、甲板から天に向けて高くそそり立つ帆柱の下へと連れていく。そして下の階へと続く階段口から離れたことに首を傾《かし》げるティファニーをそこで下ろすと、その背を、壁のように広い帆柱に押しつけてきた。

「こっ…ここで?」

困惑《こんわく》に声をうわずらせ、ティファニーは迫ってくる相手の身体を、両腕を突っ張って押しとどめようとする。第一に、くどいようだがここは甲板だ。いつ誰がやってくるかわからない。

第二に――

「た…立ったままなんて…っ」

たじろぐティファニーに、ライオネルは差し迫った口調で返してきた。

「どれだけ長いこと我慢したと思ってる？　もう、部屋までだって我慢できない…！」

どうやら、ようやく得た合意にひどく逸《はや》っているようだ。その勢いに呑まれ、またそれほどまでに求められていることを感じ、口をぱくぱくさせたまま、立ち尽くす。

「で、でも…」

と言ったきり続ける言葉のない、ティファニーの片方の大腿を、彼は抱えるようにして持ち上げた。

「や…っ、ラ、ライオネル…ッ」

不安と動揺で鼓動が駆け足になる。それに気づいたのか、彼は灰色の瞳を真摯《しんし》に光らせ、強く言った。

「約束する。今回は絶対に痛い思いをさせないから――」

そして信じられないほど広げられたそこに――直前までの淫虐《いんぎゃく》にひくつく蜜口に、屹立《きつりつ》しきった昂ぶりを押し当て、言葉通り慎重に押し入ってきた。

「ひぁっ、…あっ、…っ」

ずぬ、ぬ、ぬ…と少しずつ埋め込まれてくるそれは、張り型などとはちがい、焼けるように熱く、力強く脈打っている。そしてずっしりとした存在感があった。

「はっ…、はぁ、…ぁっ、は…」

内壁を押し拡げられるごとに、小刻みに息を吐き、ティファニーはそれを必死に受け入れようとする。

すんなりとはいかないものの、彼が言う通り最初のときのような痛みはなかった。ティファニーのそこはもうすでにひどく潤《うるお》っていて、おまけにいまのいままで張り型を受け入れていたために、おどろくほど柔軟《じゅうなん》に彼のものを呑み込んでいく。

「う、くぅ…っ」

それでも、圧迫感ばかりはどうにもしがたい。ぐん、と反《そ》り返り、漲《みなぎ》った雄《おす》が、ぎちぎちと自分の中に押し入ってくる。

「ふぅ、――っ…ん…っ」

奥の奥まで拡げられる苦しさに涙がにじんだ。彼の肩に置いていた両手が、ぎゅっと服をつかむ。

「ラ…、ライ、オネル…、まだ…?」

「もう大丈夫。全部入った」

なだめるように返してきながら、彼は感じ入ったように深くため息をついた。

「熱くてやわらかい…」

「はぁんっ…」

軽く腰をゆさぶられ、ずぅん、と最奥に響いた衝撃に息を呑む。恍惚に視界が染まり、目の前が白くなる。

「ラ、イオネル…ふ、深…っ」

「ティファニー。ティファニー、やっとおまえを味わえる…！」

切実な声音が、胸に火を灯《とも》した。求められている。そして自分の身体が彼に歓《よろこ》びを与えている。

いてもいなくても同じというのではなく。また、一方的に与えられるばかりでもなく。

必要とされ、それに応えている。——そのことがひどく誇《ほこ》らしく、同時に満たされた心地になる。

「ライオネル…」

「つらくなったら言うんだぞ」

「え？」

訊《き》き返すよりも早く、彼はティファニーの、地面についていたほうの脚も抱え上げた。

「え？　なっ——」

背中を帆柱に預け、両ひざを彼の腕に引っかけるようにして脚を開き、彼のものを呑み込んでいる。…そんな自分の格好に気づき、ティファニーは、足をばたつかせた。

「ラ、ライオネル…ッ」

下ろして、と口にしようとした瞬間、彼はぐん、と腰を突き上げてくる。

「きゃぁぁ…っ」

これ以上ないというほど奥まで屹立を呑み込むことになり、ティファニーはその甘苦しい衝撃に、相手の身体にぎゅっと脚を巻きつけた。

帆柱に背中を預け、ライオネルの肩をつかんだだけの不安定な体勢である。しかしそのため、真下から貫《つらぬ》いてくる彼の雄は、ずぶずぶと自重で驚くほど奥まで沈んだ。

身長差を考えればしかたのない体勢とはいえ、下肢の一点のみでつながっているという…ひどくはしたない格好をさせられている羞恥《しゅうち》に、全身が熱に染まり、わなないてしまう。

「あっ、…やぁっ、あぁっ…」

そしてまた突き上げられるたび、それまで経験したことのない、強い衝撃におののいた。

けれどそこは慣れた相手である。何日にもわたって責め続けたティファニーの弱い箇所をねらい、的確に腰を打ちつけてきた。

「あ、あふ…っ、ふ…、深いの…っ、奥まで…あっ、あ…あぁっ…」

下肢の内奥に秘された、快感の中枢《ちゅうすう》を穿《うが》つような律動《りつどう》に、ティファニーはなすすべもなく揺さぶられながら、涙のにじんだ瞳をぎゅっとつぶる。

——だが抽挿《ちゅうそう》のたび深い場所を強烈に刺激されているうち、やがて、きついと思っていたものが、えもいわれぬ大きな快感を与えるものに変わっていった。

「あぁあっ、…んっ…あっ、あぁっ…」

切っ先で強く内奥をえぐり、わななく蜜壁を浮き出た凹凸《おうとつ》でこすり上げ、やわらかく蕩《とろ》けた中をずっしりとした重量で埋め尽くす。じゅぶじゅぶと掻《か》き出される蜜の音は、耳をおおいたくなるほど。しかしそれも含めて、これまでとは比べものにならない勢いで迸り出る快感のうねりは、背筋と脳髄《のうずい》を灼くだけではあきたらず、嵐のように全身をもみくちゃにした。

「あっ、…ぁぁあっ、…あぁっ、…やぁぁん、…こんなっ、…こんな、…ぁぁんっ」

意識まで飛びそうになるほどの、信じられない恍惚。視界が光に満たされ、火照りきって汗ばんだ身体が、みっともないほどもだえてしまう。

奔放《ほんぽう》に乱れるティファニーの様子に、ライオネルもまた荒い息で告げてきた。

「オレがどんなに我慢してたか、わかるか？」

猛《たけ》りきった欲望を何度も打ちつけながら、彼はティファニーにくちびるを重ね、熱を込めてささやいてくる。

「一目見たときから、オレの宝物にするって決めていた。たくさんいやらしいことを教えて、うんと気持ちいい思いをさせて、オレなしじゃいられない身体にして、オレを見るだけで身体が蕩けるような、オレだけの淫らな妖精に――」

「はぁっ、…ラ、ライオ、ネル…ッ、んんっ、ふぅん…っ」

「愛してる。ティファニー、愛してる…」

わたしも…。

口走りそうになった言葉を、ティファニーはすんでのところで呑み込んだ。

（そんなこと――）

彼はティファニーを全力で求めてくれる。これまで誰からも顧《かえり》みられることのなかった自分を。虐《しいた》げられ、邪険《じゃけん》に扱われてきた自分を、宝物のように大切にしてくる。

だからつい、ひきずられてしまいそうになるのだ。

けれど彼は海賊である。彼を受け入れることは、海賊にひどい目に遭《あ》わされた人々の苦しみから目をそむけることと同じだ。海の安全を守るために海賊を退治しようとしている人々を裏切ることになる。

その思いが、愛を告げてくる彼に、想いを返すことを躊躇《ちゅうちょ》させる。

だからティファニーは、愛を告げる彼の言葉に気づかないふりをした。

「はぁっ…、なっ、なかっ…——こすれて、熱…、…ぁぁっ」

いままでになく深い場所まで彼を受け入れながら、みだりがましい嬌声を張り上げる。そして実際、彼が与えてくる官能は、余計な物思いなどたちどころに押し流してしまうほど、深く激しいものだった。

「んうっ…、あぁぁっ、…もうっ、だめっ…、あぁっ…、もうだめぇ…っ」

蜜壁はそれまでになく、荒ぶる屹立をきつくひたむきに締めつける。すると屹立もまた硬さを増し、ぐぐっと膨らんだ。

ひときわ強く穿たれた腰の奥から興奮がせり上がり、爆発するような快感に全身がわななく。

「はぁんっ…、あぁぁ…っ、あ、あぁぁぁぁっ…ん」

「ティファニー、ティファニー……！」

うなるように名前を呼ばれ、噛《か》みつくような口づけを受けた——その瞬間、彼の雄もまた勢いよく爆《は》ぜる。たたきつけられる飛沫《しぶき》を身の奥に感じた瞬間、これまでにない、目もくらむような幸福感に襲われた。

一瞬…ほんの一瞬だけ、彼との間に子供ができ家族を持つ幻影が浮かび、そして消える。

「…はぁ…、ぁ…っ」

ライオネルの肩口の布地をつかんだまま、荒い息をつき続ける。達した後も、ティファニーはびくびくとふるえが止まらなかった。

彼の肉茎は、果てた後も勃ち上がったまま。惰性《だせい》でひくひくとうごめく媚壁の中で、またしても重量を取り戻していく。

ティファニーがうるんだ目を向けると、彼は居直ったように返してきた。

「おまえの中にいると思うだけでこうなるんだ」

「と、とにかく…下ろして…っ」

行為の最中はそれどころではなかったけれど、改めて彼の身体に脚を巻きつけた自分の体勢を考えると、恥ずかしくて死んでしまいそうになる。

にもかかわらず、ライオネルはフッと悪戯めかして笑い、こともなげに言った。

「このまま部屋まで連れていってやろうか？」

「いやっ、いやよ。下ろして…！」

小さなこぶしで胸板をたたいたところ、ライオネルは「わかった、わかった」と苦笑する。そしていまだ猛《たけ》ったままであったものをいかにも渋々抜いて、ティファニーを甲板に下ろした。と、足に力が入らずたたらを踏んでしまったティファニーを、笑いながら支え、抱きしめてくる。

「気持ちよすぎて腰が抜けたか？」

「ち、ちがうわ――やり方が乱暴すぎたから…っ」

「情熱的って言ってくれ」

胸板に密着させた頬に、笑い声が肌から響いてくる。抱きしめてくる腕と体温は好ましい。…ふいにそう感じた。すっぽりと包まれていると、それだけで何ものからも守られているような、幸せな気分になる。

（だめ。そんなふうに感じちゃ…）

そうやって、ライオネルについて好きなところが増えていくことに、ティファニーの心は必死に抗《あらが》っていた。

彼に不埒《ふらち》な真似《まね》を許すのは対価だ。さらわれたとはいえ、海賊たちへの不安や恐怖にさいなまれたり、不衛生だったり、食べるものに困ったりという目に遭《あ》わないですんでいるのは、ライオネルのおかげだから。

そして、いつもは船員たちを厳しく従えている低く太い声をやわらげて、やさしく、愛《いと》おしげにティファニーの名前を呼び、あふれるほど愛をささやき、こうしてさも大切なもののように抱きしめてくることへの――対価。

「愛してる。ティファニー、愛してる…」

甘美《かんび》な言葉に胸がふるえた。同時にせつなく引きしぼられる。

いやと言うことはしない、というティファニーとの約束を、彼はまじめに守ってくれている。

（なぜ？　どうして――こんなにやさしくて、筋の通った人が、海賊なんてやっているの…？）

それは自分の一方的な見方かもしれない。彼には自分に見せていない面が、たくさんあるのかもしれない。けれど。

（変わることは、できるはず…）

ふと思いついた考えに、ティファニーはわずかに目を瞠った。

彼が、ティファニーに見せない側面をもって悪事に手を染めるというのなら、ティファニーがずっと一緒にいることで、その側面を封じることもできるのではないか。

（そうよ。たとえば…二人で、陸で暮らすとか――）

先ほどライオネルが口にしていた、港街を見下ろす屋敷の話を思い出す。屋敷そのものへの興味は、正直さほどない。しかし、そこでライオネルと暮らす日々は、想像すると胸がどきどきした。

彼がこれまでどれほどの罪を犯《おか》したのかは想像もつかないし、その罪を消すことは決してできない。けれど、だからといって、このまま罪を重ね続ける理由にはならないだろう。

悪人が心を入れ替え、世のため人のために尽くすことで償《つぐな》うというのは、小説の中ではよく見かける話だ。

これ以上悪事を重ねることのないよう、頃合いを見て話してみよう。その考えをしっかりと胸に抱きしめた。

（大丈夫。ライオネルはわかってくれる…）

何しろ彼はやさしく、ティファニーの言うことを何でも聞いてくれるのだから。そして風貌《ふうぼう》も人柄も魅力的で、色んな才能に恵まれた人なのだから、他の生き方だってきっと見つけることができる。

（そうよ、きっと――）

しかし。

そんなティファニーの思惑《おもわく》は、しばらくの後、最悪の形で裏切られることになった。

4章　心昂ぶるとき

その日、ティファニーは船長室で本を読んでいた。同じく読書が趣味だというオスカーから、ライオネルが適当に借りてきてくれたものだ。

途中までは集中して読んでいたものの、あるとき船が大きく揺れ始めたことに気づいて、ふと我に返る。

ライオネルによると、今日は朝から雨が降っているとのことだった。そのせいで波が高いのだろう。

(嵐が来るのかしら？)

上下に揺れる部屋の中で、絵画や陶器の置物などの調度品を見やり、ごくりと息を呑《の》む。

(ぜんぶ固定されているから、平気なはずだけど…)

そう考えたところに、特徴的な大きな足音が近づいてきた。ノックがなくても誰だかわかる。

「ティファニー、船酔いとか大丈夫か？」

ドアを開けて入ってきたライオネルは、びしょぬれだった。

本を置き、乾いた布を手に近づいていくと、彼は手近な椅子《いす》にどっかりと腰を下ろす。ティファニーが布をかぶせて頭を拭《ふ》く間、ライオネルはうれしそうに、されるがままでいた。

「嵐になるの？」

「いや、ただの雨だ。降りが少し強いようだが、これ以上にはならんだろ」

「そう。よかった…」

嵐の際の船の大変さ、恐ろしさは、あらゆる本の中で語られている。そうならずにすんでよかった。…そう胸をなで下ろして、ふと気づく。

「そのままじゃ風邪《かぜ》をひくわ。着替えないと」

「あ？　あぁ…」

「とりあえず脱いで。身体《からだ》を拭くから」

「…誘《さそ》ってるのか？」

「いません！」

強く否定して、頭を拭いていた布をばさりと押しつける。彼は笑いながらそれを受け止めた。

「なんだ。おまえもずいぶん大胆になったもんだと――」

両腕を広げて抱きしめようとして、ライオネルはそこで手を止める。

「いかん。おまえがぬれるな」

「とにかく拭いて。いま着替えを用意するから――」

ティファニーは、ライオネルの服が収められている螺鈿細工《らでんざいく》の長櫃《ながびつ》の蓋《ふた》を開け、シャツと脚衣《きゃくい》を探した。その背後で、彼が「そういえば」とつぶやく。

「おまえこそ着るものは足りてるか？　船倉《せんそう》の中にはそれなりにあったと思うが…」

言わずと知れた戦利品のドレスのことである。心配そうな問いに、ティファニーは笑って首をふった。

「大丈夫よ。もともとそんなに衣裳持《いしょうも》ちじゃなかったし。着古すまで同じドレスを着ていたから、いまのほうが贅沢《ぜいたく》してるくらい」

「資産家のモードレット家の令嬢《れいじょう》が？　そんなはずないだろ」

「それは…まぁ…」

見つけた衣服を手にライオネルの前に戻り、口ごもる。家族の中で一人みそっかすだったことは話したくない。そんな恥ずかしい事実を知られたくない。…けれど。

「どういうことだ？　ん？　言ってみろ」

やわらかくキスをしながら訊《たず》ねられると、心の壁もほろほろとくずれ落ち、隠しごとなどできなくなってしまう。

甘いキスに観念して、ティファニーは家族との——特に姉たちとの関係がうまくいっていなかったことを、ライオネルに白状した。

モードレット家の子供たちの中で、ティファニーだけ母親がちがうこと。よって年の離れた兄はともかく、三人の姉たちは昔から、ティファニーにつらくあたってきたこと。家庭内不和の苦手な父は、姉たちの仕打ちを目にしても見て見ぬふりだったこと。

問われたことにきちんと答えているにもかかわらず、ライオネルの機嫌は、話せば話すほど悪くなっていく。

「家族で晩餐会《ばんさんかい》に招待されても、おまえだけ連れていかなかっただと?」

うなるように訊《き》き返され、ゆらりとにじみ出した怒気《どき》を感じて、ティファニーはしどろもどろになった。

「お姉様方は、はなやかで、美しくて…。わたしはこんなだから、一緒に行くのが恥ずかしかったんだと思う…」

もごもごとした返答に、彼はついに椅子の肘掛《ひじか》けを殴りつけた。

「そんなことが理由になるか! だいたいドレスの新調を許さなかったってのも意味不明だ」

「…だってお姉様方のお古がたくさんあるんだもの。もったいないから…」

「だったらテメェらが着まわせ!」

吠《ほ》える声は、まるで獅子《しし》のよう。

「いちばん許せないのは、本物の『ロアンドの薔薇《ばら》』が、妹のおまえを身代わりにして逃げたことだ! さらったオレが言うのもなんだが!」

憤懣《ふんまん》やるかたない様子で、彼は立ち上がった。そのまま、熊のように部屋の中をうろうろと歩きまわる。

「あぁ、くそ！　だめだ。女相手でもおさまらん。元々そういう無意味に底意地の悪い女どもは我慢《がまん》ならんのに、まさかおまえがずっと被害に遭《あ》ってただなんて…！」

ぶつぶつとつぶやいた末、ぴたりと足を止めた。

「よし、こうしよう」

「え？」

「もう一度ロアンドに戻る。そしておまえの姉を三人ともとっつかまえて奴隷《どれい》商人の船に売り払う。…そうだ。それがいい。闇《やみ》のツテがある。まかせろ」

「ライオネル！」

冗談に聞こえず、ティファニーは焦《あせ》ってそれを制した。

「待って。姉たちのことは、もういいの」

「いいものか…！」

いきりたつ相手の胸に、なだめるように自分から抱きつく。

「でも…そのおかげで、わたしはライオネルに会えた」

嚙《か》みしめるように言い、ティファニーはほほ笑んで相手を見上げる。

「わたしのために、そんなふうに怒ってくれて、ありがとう。…うれしいわ」

「う、…うれしい？　オレに会えて？」

ライオネルは彼らしくもなく、ぽかんと応じた。言われたことの意外さに、怒りはすっかり治まってしまったようだ。かわって、その面《おもて》にはみるみるうちに喜色が広がっていく。

「ハッハァー！」

快哉《かいさい》を叫んだライオネルは、ティファニーを高々と抱き上げた。

「きゃぁっ…」

「やった！　やったぞ！」

あわてたティファニーが頭にしがみついたせいで、彼はベッドにつまづいてしまい、二人でその上に転がり込む。

衝撃に目がまわってしまい、ティファニーは目をつぶった。そのまま、横で声を立てて笑っている相手に向けて、静かに打ち明ける。

「…最初は恐《こわ》かったわ。でも、わたしを大切だって言ってくれた。…大切なものみたいに扱ってくれた――」

「あたりまえだ」

ライオネルは強い口調で言い、身を起こしておおいかぶさってくる。精悍《せいかん》な容貌《ようぼう》が間近に迫る。その眼差《まなざ》しは恐ろしいほど真剣だった。

「はじめから言ってるだろ。一目見たその瞬間から、オレのものにしたくなった。オレが守って、オレが幸せにして、オレが愛《め》でる…オレだけの宝物に――」

言葉を重ねるうち、気持ちがあふれて止まらなくなったらしい。ライオネルはティファニーにくちびるを重ねてきた。情熱的なキスを、深く、長く続けてくる。

ティファニーが音《ね》を上げると、今度は軽いキスを雨のように降らせてきた。

「陸に上がったら山ほどドレスを作ろう。耳飾りも、ネックレスも、指輪も、靴も、バッグも、手袋も、かわいい日傘も――ぜんぶだ」

ひとつひとつ挙げていきながら、顔中にくちびるでちゅっちゅっと音を立てていく。やがて顔を離した彼と見つめ合い――その甘い眼差しに、気持ちが溶けてしまいそうになったとき。

ガンガンガン！　と船長室のドアが荒々しくノックされた。

「――ん？」

顔を上げたライオネルがうながす前に、オスカーが入ってくる。

「船団を発見した」

簡潔《かんけつ》な報告に、ライオネルは灰色の瞳《ひとみ》を光らせた。

「へぇ」

「武装船を引き連れたバランディアの商船だ」

バランディアは海をはさんだ先にある隣国である。これまでヨークランドとたびたび戦火を交えてきた間柄《あいだがら》だが、商人同士はそんな事情にかまわず取引をするのだろう。

「よし。海賊旗を揚《あ》げろ。それから総員戦闘《せんとう》配置」

跳《は》ね起きたライオネルは、ニッと獰猛《どうもう》な笑みを見せた。

「——お仕事だ。きばれよ！」

船長の言葉に、オスカーは軽くうなずいて去っていく。船員たちに命令を伝えに行ったようだ。

「というわけだ。着替えはいらない」

「ライオネル…！」

すばやくベッドから降りて隣の書斎《しょさい》に向かったライオネルに、ティファニーもあわててついていく。そして彼のぬれた服の裾《すそ》を引っ張った。

椅子の背に掛けてあった太い革の銃帯《じゅうたい》を手に取りながら、彼は振り返って小さく笑う。

「あぁ、そんな顔するな。大丈夫。慣れた仕事だ。すぐ終わるさ」

「ちがうわ、ライオネル。——戦闘なんてだめよ…っ」

「あん？」

ティファニーの言葉に、彼はきょとんとした。

突拍子《とっぴょうし》もないことはわかっている。本当は時期を見て切り出すつもりだった。けれど、その前にこういう事態になってしまったのだからしかたがない。

いつか言おうと胸の内に抱えていた言葉を、急いで並べる。

「船を攻撃して、人を殺して財産を奪うなんて絶対だめ。そういうことをするから海賊はみんなに嫌われるのよ」

ライオネルは革の銃帯を締《し》めながら、背中で答えた。

「いちおうオレらにも決まりはある。海賊旗を見てすぐに投降した船は攻撃しないし、人も殺さない。お宝はいただくけどな」

説明しながら、彼は銃帯に短銃《ピストル》を二丁差し込む。ティファニーは首をふった。

「それもだめ…！」

海賊に対して海賊行為をするなとは、きっと支離滅裂《しりめつれつ》なことを言っている。けれど正しく生きる人間として、いま行われようとしている悪事を見過ごすわけにはいかない。

ティファニーは海賊ではないのだから。

「ライオネル。わたしの言うこと何でも聞くって言ったでしょう…!?」

銃の差し込まれた、彼のぶ厚い銃帯を引っ張って訴《うった》える。ライオネルは苦い笑みを見せた。

「そんなこと言うなよ。頼む、オレを困らせないでくれ」

両頬《りょうほお》をはさんでキスしてこようとする相手から、顔をそむけて逃げる。

「お願い、ライオネル。あなたをきらいになりたくないの！」

「――…」

何かを言い返そうとしたライオネルが、一瞬、言葉を失う。

「…それは後で話そう。とにかくしばらくは、この部屋から絶対に出るな。戦闘中の船内をうろつくなんて自殺行為だからな」

「話を聞いて…っ」

「聞くさ！　後でな」

出ていこうとしたライオネルの後を、必死に追いかける。必然的に部屋から出ることになった身体を、彼はあわてて押し戻してきた。

「こら、ティファニー…！」

「戦うなんて、だめ――」

道徳面だけの話ではない。戦闘ともなれば、斬《き》られたり、撃たれたりするかもしれないのだ。

（いや――いやよ、そんなの。お話とはちがうんだから…！）

太い腕にしがみついたところ、振り払われそうになり、いっそう力を込めて抱きついた。そして涙を浮かべて見上げる。

ライオネルは気が急《せ》いていたようだが、それでも乱暴にどけるようなことはしなかった。ちっと舌打ちをして、そして――

「ひゃ…っ」

ティファニーをひょいと抱え上げ、ベッドに運ぶ。

「ライオネル――！」

「こんな状態じゃ、危なっかしくて放っておけやしねぇ」

ぼやくように言い、彼はティファニーを寝台に下ろすと、自分とティファニー、それぞれの布の腰帯《こしおび》を外して左右の手首に巻きつけてきた。

「いや――やめて。放して…！」

「おまえを守るためだ」

いやがって暴れるティファニーを苦もなく押さえつけ、彼はまたたくまに、両方の手首に巻かれた腰帯の端を寝台の支柱に結びつけてしまう。

「ライオネル…ッ」

両手を頭上で拘束《こうそく》されたティファニーを、彼はとても不本意そうな顔で見下ろしてきた。

「ほんのしばらくの間だ。終わったらすぐに外してやる。だから少しだけ、しんぼうしててくれ」

「ライオネル！」

呼びかける声から逃げるように、彼は足早に部屋を出ていき、そしてドアに外側から鍵《かぎ》をかけた。ガチャンという無情な音は、まるで甘い夢を打ち砕く、現実という名の鉄槌《てっつい》のように響《ひび》いた。

まもなくドォン、ドォン…と、大砲と思われる音が聞こえ始める。その咆吼《ほうこう》に合わせ、船全体がきしむように揺れた。船長室は甲板《かんぱん》に近い階層にあるためか、男たちのおたけびや銃声まで、かすかに聞こえてくる。

どうやら相手の船団は投降しなかったようだ。そういえば武装した船に守られていると、オスカーが言っていた。

（ということは、いまこの上で…）

人の血が流れているのだろうか？　戦闘など本の中でしか知らない。けれど身近で実際にそれが起きていることを想像すると、ぞっとする。

（ライオネル――）

やさしかったのに。ティファニーを元気づけ、宝物のように扱い、あふれるほどの愛を示してくれたのに。なのに彼はやはり海賊なのだ。

街を襲《おそ》い、多くの罪ない人々を手にかけてきた極悪人。兄を殺した人間の仲間。

（受け入れることなんか…できない…！）

その行いに目をつぶってはいけないと思うし、そう感じる以上、恩恵《おんけい》を受けて暮らすべきでもない。

そもそも様々な国が懸賞金《けんしょうきん》をかけてまで彼らを追いかけているのだ。見つかり次第、裁判もなしに縛り首になる。それが当然だ――と、世間では考えられている。

（ライオネル…！）

海賊で、お尋ね者で、人から奪うことを何とも思わない悪人で。…それなのに、失いたくないと心から思ってしまう。

（そんなふうに――感じちゃいけないのに…！）

慕《した》わしい気持ちと、非道な行いを忌《い》む気持ちと、その双方に心を裂かれる。

慕わしい？　おかしな話だ。口では何よりもティファニーを大事にすると言っておきながら、実際にやっていることは――

ティファニーは、頭上で左右に広げる形で縛《いまし》められた両手を動かしてみた。力を入れて引っ張ると布の感触が食い込んでくる。その痛みに絶望的な気分になった。…と。

部屋の外――廊下《ろうか》の先と思われるところで、階段を転がり落ちてくるような大きな音が上がる。そしてそれを追うように、バタバタと乱れる複数の足音が下りてきた。

続いて、剣が打ち交わされる、鋭く甲高《かんだか》い音と怒号《どごう》、そして苦悶《くもん》の悲鳴が、立て続けに聞こえてくる。

（いや――…）

すぐ近くから届いた、激しく暴力的な気配に身をすくませる。まさか…ここへ来るのだろうか？

（そんな…そんな――…）

瞳を不安に揺らした時、獅子の咆哮《ほうこう》のような声が、ひときわ大きく響いた。

「おまえら！　船内へ敵の侵入を許して、それでも白骨黒旗《ブラック・ロジャー》か！」

ずしん、ずしんと、ゆっくり階段を下りてくる、重い足音がする。

（あ――…）

その声と足音に、不覚にもホッとしてしまった。

ライオネルが来てくれた。その事実に、すがりつきたくなるほど安堵《あんど》する。――けれど。

「自分の手で恥をすすげ！　できなきゃおまえらもサメの餌《えさ》だ！」

その怒声に、複数の声が意気高く唱和《しょうわ》する。直後、断末魔《だんまつま》の絶叫がいくつも上がった。

（いや…!!）

それは、おそらくはライオネル側の勝利を意味していたのだろう。しかしどうしても、それをうれしく思うことができない。

来ないで。来ないで。来ないで…。ただそれだけを、強く願う。

そう離れていないところで戦闘の気配を感じながら、それが早く終わることを祈る時間は、おそろしいほど長く感じられた。

実際にどれほどの時が経過したのだろう？

正確にはわからないが、ある時ふいに、それまで間断《かんだん》なく響いていた大砲の音が途絶えたことに気づいた。いつの間にか、悲鳴と怒号も聞こえなくなっている。

（どうなった、の…？）

天井に向けて視線をさまよわせていると、やがてずしん、ずしんと階段を下りてくる足音を、耳がとらえた。それはいつもよりも早足で、せわしなく部屋に近づいてくる。

鍵を外す音とともに、バン、と勢いよく扉を開けたのは、予想通りライオネルだった。

どうやら無事なようだ。しかしその顔と衣服は、タールや煤《すす》の他、血らしき赤黒い染みにべっとりと汚れていた。凄惨《せいさん》な姿に息を呑《の》む。

一方ライオネルは、ベッドの上にいるティファニーを見て、ホッとした様子を見せた。

「よかった。…ちゃんとおとなしくしてたんだな」

そう言うと、腰に巻いていた剣帯と銃帯とを外し、テーブルの上に放り出しながら、ベッドに向けて歩いてくる。

それとともに、汗と、むっとするほどの血のにおいがただよってきた。

「な？　すぐだったろ？」

ギシギシギシッ…と寝台を大きく沈ませて、彼はティファニーの傍《かたわ》らにひざをつく。いっそう濃厚になった血のにおいに、ティファニーは胸が悪くなった。

けれどライオネルは、自分がそれをまとっていることにすら、気づいていないようだ。

「ふるえてる。…こわかったのか？」

ニヤリと笑う、その顔がひどく禍々《まがまが》しいものに感じる。そして強くひたむきにこちらを見る眼差しが、いつもとちがう。

身の内でたぎる興奮に侵《おか》されているかのような顔つきは、最初の日の夜に見たものと同じだった。明るく朗《ほが》らか。けれど不遜《ふそん》で獰猛《どうもう》な——

（こわい）

そうやって人を殺したのだろうか。人の荷を奪ったのだろうか。

考えるほどに身体がふるえてしまう。恐怖に。嫌悪に。そして、悲しみに。

「小鳥みたいにふるえてる。…かわいそうに。置き去りにして悪かったよ」

ティファニーの頬をなでながら、ライオネルは顔を近づけてきた。重ねられようとしていたくちびるから、首をふって逃《のが》れる。

「…来ないで」

「ティファニー」

「いや、近づかないで…っ」

「ティファニー」

「来ないでってば！　やだって言うことは、絶対しないって言ったのに…嘘《うそ》つき！」

感情と勢いにまかせて言い放つ。その、これまでになくはっきりとした拒絶に、彼はそれまで冗談混じりだった灰色の目をハッと見開いた。

それから、痛みと苛立《いらだ》ちとを等しく孕《はら》んだ剣呑《けんのん》な眼差しを向けてくる。

「そりゃないぜ。勝ったのに——戦利品もがっぽりだ。そういえば高価な布地がたくさんあった。もちろんドレスだって。…喜んでくれないのか？」

押しつけるように言いながら、彼はティファニーの身体をまたぐようにして寝台にひざをつき、無防備にさらされた脇腹を、両手でなまめかしくなで上げてきた。

「や…っ、ん…」

「オレがこうして無事に帰ってきたのに。うれしくないのか？」

声を潜《ひそ》めて言いながら、わき腹から胸へと手をすべらせてくる。恐怖に息を詰めていると、彼は次の瞬間、ドレスの胸元を引きちぎらんばかりに押し開いた。

「——…っ!?」

「どうやってもオレのもんにならないっていうなら——いっそのこと、好きにしちまおうか」

そう言うなり、こぼれ出た胸をつかんで乱暴に捏《こ》ねまわし、ほおばるようにして口に含む。

「ひっ、い、いやっ…——やめて…っ」

つかまれたほうのふくらみは、指の形にひしゃげていた。彼はそれを押しつぶすように揉《も》みしだく。ざらざらとした手のひらにこすられた乳首が固く尖《とが》ると、それを指先でつまみ上げ、くりくりと左右に転がした。

「いっ…、いたっ、手…ちから…強…っ」

乱暴な手つきに痛みを覚え、そう訴えたにもかかわらず、ライオネルはもう片方のふくらみに吸いついたまま、かまいもしない。大きく開けた口にすっぽりと咥《くわ》えこみ、薄紅《うすべに》の花弁《かべん》はもちろんのこと、白い柔肉《やわにく》までもちゅうちゅうと舐《な》めしゃぶっている。

それどころか、時折歯を立てて噛《か》みつかれることもあり、ティファニーはその際のちくりと

した痛みに、ひっきりなしに身をよじり、短い悲鳴を上げた。

「や、やっ…いたっ、ぁ、きゃぁっ、…い、いっ…いた…っ、やめ、──やめて…っ」

白い肌に、歯の形をした痣《あざ》が点々と浮く。強く吸い上げた末の鬱血《うっけつ》と共に、白くたわわなふくらみに無残な痕《あと》が散らばった。

その間にも、彼はすでに勃《た》ち上がっていた自分の昂《たか》ぶりを、ぐりぐりとティファニーの股間《こかん》に押しつけてくる。

「やぁっ、…まっ、待って──だめ。やめて…!」

普段とまったくちがう雰囲気《ふんいき》にひるみ、ティファニーは悲鳴のような声を張り上げた。性急で荒々しい仕草に身体がすくんでしまう。

と、彼はその身体にまたがったまま、うっそりと笑った。

「ずいぶん我慢《がまん》させてくれたよなぁ? ホントは…いつだって、おまえをこうしてやりたいと思ってたんだぜ」

(──なに? 何が起きてるの…?)

これは、ティファニーが知る行為とは、全然ちがう。これまでライオネルは、嵐のような情熱でティファニーをたじろがせ、羞恥《しゅうち》に消え入りたくなるほど淫《みだ》らな真似をしてくることは多々あったものの、こんなふうに一方的なふるまいに出てきたことは一度もなかったというのに。

(こんな…ひどい──)

自分勝手で粗暴《そぼう》な愛撫《あいぶ》に、ティファニーはすっかり混乱してしまった。しかし同時に、これまで彼がとても手加減をし、丁寧にふれてくれていたのだということに気づく。

だがそのライオネルはいま、無造作《むぞうさ》にドレスのスカートを腹部までめくり、下着《ドロワーズ》をむしり取っていた。

「ライオネル、やめて！　お願い、こわいの…っ」

気遣《づか》いのかけらもない乱暴な手つきに、首をふって相手を見上げる。しかしティファニーの脚《あし》の間に深く入り込んだ相手は、取り合う様子なく力まかせに膝頭《ひざがしら》を割り開いてきた。

「とっとすませてほしけりゃ、おとなしくしてることだ。いじらしく抵抗されたり、悲鳴を上げられたりすると余計に興奮するからな」

「ライオネル──…」

こわい。こわい。こわい。こわい…！

(これは誰？)

そんな思いに、身体はすくんでしまったまま。うまく息ができず、喉《のど》はからからに干上《ひあ》がっている。

硬直《こうちょく》するティファニーをよそに、彼はこちらの身体を折りたたむようにして、つかんだ膝頭を敷布《しきふ》にまで押しつけた。そして無様なまでに大きく開かれた脚の間を見下ろして、ぺろりとくちびるを舐める。

「まだぬれてないな」

軽く言うなり身を伏せ、そこに顔を近づける。

「な、何するの…？　やめて。やめ——や、あぁあぁ…っ」

開ききった秘裂《ひれつ》に、ぬちゅ、と熱く弾力のある感触がふれ、ティファニーは腰をびくつかせた。ぬるついた感触が、ねっとりといやらしくうごめいた。こわい。その気持ちは変わらなかったものの、何日もかけて行為に慣らされた身体は、こんなときでさえも刺激を与えられれば快感の萌芽《ほうが》を拾ってしまう。そしてぞわりとした甘い痺《しび》れが腰の奥で生まれると、押し広げられたままの脚が、びくびくと自然にふるえてしまった。

「やぁ…っ、あぁ、…ぁあっ、そっ、それ、やなのっ、や…いやぁぁ…っ」

「どう見ても気持ちよさそうじゃないか」

首をふって訴えるティファニーの様子に、ライオネルは人の悪い笑みを見せる。

その言葉の通り、緊張に身体を固くしていたにもかかわらず、秘裂はうるみ始めていた。彼は最初、にじみ出してきた愛液《あいえき》を花弁全体に拡げるようにちゅくちゅくと舐めていたものの、すぐにもっと感覚の鋭敏《えいびん》なものにねらいを定めてきた。

欲望に突き動かされた、強靭《きょうじん》な舌の動きには容赦《ようしゃ》がない。舌先でくすぐるようにして花芽の包皮《ほうひ》を剝《む》くと、鋭敏《えいびん》な突起《とっき》を口に含んで舐めねぶる。

「いやぁあっ、や、あぁんっ、あっ、あぁぁっ……」

強すぎる快感に、ティファニーの腰が大きく跳ねた。ぞわりぞわりと次々に激しい愉悦《ゆえつ》が生じ、全身がびくびくとおののいてしまう。

恥ずかしいほど勝手に躍《おど》ってしまう腰を、ライオネルは抱え込むようにして動きを封じ、いっそう淫《みだ》らに熱を込めて、敏感すぎる粒《つぶ》に口づけてきた。舌《した》に巻き込むようにして転がされ、転がしながらきつく吸い上げられると、性急に掘り起こされた快感が背筋を駆《か》け上がってくる。

「あぁぁぁ、んっ、や、ぁぁ……っ」

激しく乱れる様《さま》に、彼が秘玉《ひぎょく》を口に含んだまま笑う気配がした。

あまりにも急激に感覚を昂《たか》ぶらされて、心も身体もついていけない。快楽も、身の内にこもる熱も苦しいほどで、おまけに突き放したような彼の反応が胸を刺す。自分を襲っているわけのわからない事態に、ティファニーの目からほろほろと涙がこぼれ落ちた。

しかしそれすら、いまのライオネルは関心を引かれないようだ。

彼は、あふれた蜜《みつ》がしたたるティファニーの秘裂を、貪《むさぼ》るようにちゅくちゅくと舐めするばかり。――そしてある瞬間、吸われて充血しきった秘玉に、ふにっと歯を立ててきた。

その瞬間、ティファニーは泣きぬれた目を見開く。

「きゃあぁあっ……」

立て続けの強烈な快感に、腰を振り乱してもだえる。ぶるりと全身がふるえ、胸を突きだすようにして背をのけぞらせながら、あっという間に昇り詰めてしまった。

「――あ、っ、はぁ…ぁ…、…っ」

「たわいねぇなぁ」

脚のはざまで低い声がくっくっと笑う。朦朧《もうろう》としながらそちらを見れば、ライオネルは、達《たっ》したばかりでまだぴくぴくとゆれるティファニーの腰をわずかに持ち上げた。そして秘裂のさらに奥――物欲しげにわななく蜜口《みつくち》に尖らせた舌を差し入れてくる。

「やっ、それだめ…だ――い、やゃぁあっ…」

入口だけとはいえ、熱くぬめる舌を押し込まれ、ざらりざらりと幾度も襞《ひだ》を舐められて、肌がぞぞぞっと粟立《あわだ》った。官能《かんのう》にあおられて大きくくねる下肢《かし》が、燃え立つかのような熱を帯びる。

「やぁあっ、…あっ、やぁぁん、…とけちゃうっ…、そこ、とけちゃぅっ…、ふぁぁあっ」

がっしりと腰を押さえつけられて逃れることもかなわず、ティファニーの口からは、感じ入った嬌声《きょうせい》がひっきりなしにこぼれた。

ぬるつく舌先に内側の襞をくり返しくすぐられ、絶え間なく湧《わ》き上がる愉悦に打ち震える。

あまりに激しい快感に、身も世もなくすすり泣くしかなかった。

気持ちよさが限界を超え、変になってしまいそうだ。ティファニーは子供のようにしゃくりあげながら、だらだらと蜜をこぼす腰をくねらせて懇願《こんがん》する。

「あっ、…ラ、イオネル、…お願いっ、お願い、やなのっ…、もうやめてぇ…っ」

そこに宿る切実さに気づいたのか、彼はのっそりと身を起こした。ぬらりと光る口元を手でぬぐい、くちびるの端をニィ、と持ち上げる。

「ようやくいい子になったな。ご褒美《ほうび》に、ほしいもんをやるよ」

言うなり、彼は、唾液《だえき》と蜜にまみれてぽってりと膨らんだ淫唇《いんしん》に、みなぎった雄《おす》の先端を押し当てた。そして先ほどと同じように、ティファニーの腰を少し持ち上げると、身体の重みを利用してひと息に奥まで貫《つらぬ》いてくる。

ずぶずぶという耳をふさぎたくなるような音とともに、ずっしりと質量のある異物が、まだ開ききっていない蜜洞《みつどう》をみちみちと押し拡げてきた。

「ん、あぁ、…あっ…ぁぁっ、」

「たまーに頭ん中で、おまえをこんなふうに扱うことを夢想《むそう》してた。知らなかったろ？」

その質量と硬《かた》さに顔をゆがめ、うめくティファニーを、彼はまんざらでもなさそうに見下ろしてくる。最奥まで容赦なく穿《うが》たれ、ティファニーははくはくと浅い息をこぼしながら、その衝撃に耐えた。

そのうち、たっぷりと潤《うるお》っていた蜜の滑りを借りて、肉茎はなめらかに抜き差しを始める。するとライオネルはティファニーの肩と腰を押さえつけ、逃げられないようにして強引に腰を打ちつけてきた。

「んんっ、んっ、んっ、…あっ、はぁっ…あぁっ…んっ、ふぅっ…」

突き上げる彼の腰の動きのままに、がくがくと揺さぶられる。痛みを伴うほどの激しさでガツガツと、彼はティファニーをまったく気遣う様子なく、荒々しい抽挿《ちゅうそう》をくり返す。

それでも、しばらく経《た》つと鈍《にぶ》い疼痛《とうつう》は少しずつ、ざわざわとした痺《しび》れに転じ、蜜壁《みつへき》は次第に甘くほぐれていった。それは自己本位な突き上げにも、けなげにしゃぶりつく。

「すごいな。これでも感じるのか。手加減なんかする必要ないじゃないか」

力強く張りつめた怒張《どちょう》を、根元まですべて埋め込んで蜜口をぐりぐりと押しまわし、彼はとろとろになった媚壁《びへき》を堪能《たんのう》しているようだった。

やがてティファニーの足首をつかみ、腰が浮いてしまうくらいの勢いで穿《うが》ってくる。太い幹で何度もこすりたてられた蜜洞は、ティファニーの意志に反し、だんだんと悦《よろこ》びに蕩《とろ》けていった。びくびくと脈打つ肉茎に、艶《つや》めかしく自らまとわりつく。

ライオネルはいつもよりもずっと早く果てた。

ホッとしたのもつかのま、もう一度、さらにもう一度と際限なく挑《いど》んでくる。次第に言葉少なになり、無心に、飽きることなくただ肌をむさぼるだけになっていった。

異様な熱に浮かされた嵐のようなひと時。何度目かの欲望を迸《ほとばし》らせた後で、彼はようやく動きを止める。きつくしわの刻まれていた眉根《まゆね》から力が抜け、精悍《せいかん》な顔からふいにあらゆる表情が抜け落ちた。

静まりかえった部屋に響くほど、熱い息を大きく乱し、ぼんやりとティファニーを見下ろしていた灰色の瞳に、ようやく理性の光が小さく灯《とも》る。

泣きぬれてぐったりとしたこちらの様子に――無惨《むざん》な嚙み跡の散る白い肌や、幾度となく彼が放った飛沫《しぶき》をあふれさせる秘部《ひぶ》に目を落とし、彼はやがて、ゆらりと持ち上げた片手で顔をおおった。動揺した表情をそれでひとなでると、頼りなく手を下ろしながら、ためらいがちの上《うわ》ずった声で呼びかけてくる。

「あ、あのな…、ティファニー…ッ」

しかしわずかに身を乗り出したせいで寝台がきしむと、ティファニーは、その音にビクッと肩をゆらした。

たったいま受けた暴力的な行為を呑み込みきれず、これ以上は何もしないでほしいという気持ちを込めて、涙をたたえた瞳でただ見上げる。

するとライオネルはゆっくりと、こちらにおおいかぶさるように身を倒してきた。

また始まるのだ。

「――いや…！」

恐怖の残滓《ざんし》にすくみ、ぎゅっと目をつぶって顔をそむけたティファニーの頭の横に、彼が手をつく気配がした。ぎしぎしっと寝台の沈む感覚に身体を硬《かた》くする。――しかし。

ふいに手首が楽になり、閉じていた目蓋《まぶた》から力が抜けた。なおも息を詰めていると、頭上で

「…すまない。やりすぎた」と力ない太い声が響く。

そしてだまって寝台を降りると、彼はそのまま部屋を去っていった。

（どこに行くの…？）

自由になった手首を胸元に引き寄せながら、ティファニーはぼんやりと考える。けれどその意識は、ふいにドッと襲ってきた睡魔《すいま》に、問答無用で呑み込まれていく。

そっちへ行ったら、縛り首よ。ライオネル…。

夢うつつの頭でそんなことを考え――ようやく訪れた平穏によって、ティファニーは泥のような眠りに引きずり込まれた。

＋＋＋　　　　＋＋＋

ベッドの上でうつらうつらと昼寝をしていたティファニーは、パタン、という静かな音に目を覚ました。そして気持ちが沈んでしまう。同じドアでも、開閉する人間によって、どうしてこうまで音が変わるのだろう。

目蓋を持ち上げ、ゆっくりと身を起こしてそちらを見れば、目に入ったのはやはり副長オスカーのすらりとした立ち姿だった。

「食事を持ってきた。ここに置くぞ」

　このところ毎日、彼がティファニーのために食事を持ってきてくれている。バランディアの商船団との戦闘の後、ティファニーを無理やり組み敷《し》いて以来、ライオネルは部屋を出ていったっきり、もう何日も戻ってきていなかった。

「ありがとうございます…」

　ベッドを降りてテーブルに向かうと、彼はティファニーのために椅子を引いてくれた。きっと身に染みついてしまっている習慣なのだろう。彼は本当はいい家の御曹司《おんぞうし》なのだと、ライオネルが言っていた。

　椅子に腰を下ろしながら、ティファニーはいつもと同じことを訊ねる。

「…ライオネルは?」

「あいかわらずだ。すっかり腑抜《ふぬ》けていて、うっとおしい」

　オスカーのそっけない答えもまた、いつもと変わらなかった。

　ティファニーと諍《いさか》いをし、そして激情のまま乱暴したことに、ライオネルはすっかり落ちこんでしまっているのだという。大事にすると言っておきながら、その約束を守りきれなかった自分自身に。

「会えばあんたと、海賊をやめるのやめないのって言い合いになる。そうすればまた何かしてしまうかもしれないと、うじうじ悩んでいる」

　香辛料に漬けた羊肉とパン、そしてジャガイモと豆のスープ。いいにおいのする食事を前にして、ティファニーは手をつける気にもならず、うつむいた。

(わたしは会いたい、のに…)

いつだったかライオネルから、仕事の後はひどく気が昂《たか》ぶると聞いたことがある。戦闘が危険であればあるほど一種の興奮状態になるため、普通の状態ではなくなるのだと。

だとすればあの出来事は、そういう生理的なものが原因なわけで、彼の意志によるものでは
──ティファニーを傷つけようとしてのことではないと思う。だから許容できるというわけで
はないが、…そのせいで彼が、大きな身体を縮めるようにしてしょげている様を想像すると、
胸がきゅぅっと痛んでしまうのだ。

(とにかく話がしたいのに──…)

食事を前に思い詰めていると、オスカーの無造作な声が、それをさえぎってくる。

「食べろ。冷めないうちに」

うながされ、はて、と思った。彼はいつも、食事や本を置くと去っていってしまう。けれど
今日は、こちらの様子をうかがうように腰を落ち着けている。

「あの…何か、あったんですか…?」

水を向けると、彼は「…あぁ」と気乗りしない様子でうなずいた。

「もうすぐ、ルオシールという港に着く。そこで──おまえを船から降ろすことになった」

「──…」

一方的な通告に、ティファニーは目をしばたたかせる。そして以前、ライオネルが話していたことを思い出した。

「…そこで、わたしは彼が用意した家に行くんですか…？」

「いや、ちがう」

「え？」

「日にちが経《た》っているから、ロアンドからかなり離れたと思っているだろうが、実のところ我々は沖を延々うろついていただけだ。つまりルオシールはロアンドからそう遠くない。馬車で五日ほどといったところか」

遠まわしな説明を受け、ティファニーはか細い声でつぶやく。

「…わたしを、ロアンドに——家に帰すのですか…？」

「そうだ。ライオネルがそう決めた」

「でも彼は、沿岸のどこかに家を買うって——」

「そんな暇《ひま》はない」

切り捨てるような反応に、まさか、という思いが頭をよぎった。

「…わたしが海賊をいやがったから？　だから…ライオネルの相手にふさわしくないっていうこと？」

「ティファニー」

「海賊である彼を受け入れれば、傍《そば》にいられるんですか…？」

「ちがう。そういう話じゃない」

オスカーは首をふり、強い口調で言う。

「この間襲撃《しゅうげき》したバランディアの船団だが——積載されていた荷はすべて、植民地の総督《そうかん》から国王への献上品だった」

「え…？」

「攻撃を開始した後でそれが判明して…めんどくさいことになると覚悟はしていたんだが、案の定——」

「わかった時点で、手を引かなかったんですか…？」

「仮にも海賊旗を掲げている以上、大砲を撃ち込んでおいて、やっぱり止《や》めますというわけにはいかない。あの日のことはまぁ…、互いにとって不幸な事故だった」

さらりと言われ、言葉を失ってしまう。一見まともそうに見えるが、この人もやはり海賊なのだ。まぎれもなく。

「そんなわけで白骨黒旗《ブラック・ロジャー》の悪名《あくみょう》が大陸で一気に拡まった。いまや十カ国、十七の地域が討伐《とうばつ》に名乗りをあげている。そのうち半数以上がすでに艦隊《かんたい》を出航させたらしい。——国の威信をかけて、我々を討つ、その手柄を競っている」

「——…」

ティファニーはのろのろと首をふった。想像をはるかに超えた深刻な事態に、途方に暮れてしまう。

（だから言ったのに。海賊なんかやめてって…！）

いまさら言ってもしかたがない。わかっていても、そんな思いが胸を灼《や》いた。

「巻き込みたくないならおまえを解放するべきだという私の意見に、ライオネルが同意した――と、そういうわけだ」

「そんな…」

平坦な調子で言うだけ言うと、オスカーは席を立つ。

「ルオシールには二日以内に着く。それまでに持って降りるものをまとめておいてくれ。この船の中にあるものは何でも持っていっていいそうだ」

「あの…っ」

ドアに向かう背中を、とっさに呼び止めた。整理の追いつかない頭をできるかぎり働かせて、言わなければならないことをひねり出す。

「家でなくても…部屋ひとつでもかまいません。どこかに用意できませんか？　立派でなくていいんです。そうすればわたし、…そこで、ずっとライオネルを…っ」

そもそも、どうしてライオネルはそんな大事なことを、オスカーに言わせるのだろう。どうして直接言ってくれないのだろう？

ふいにこみ上げてきた涙を。嗚咽《おえつ》を、ティファニーは無理やり飲み下す。

「わたしの、大切な人を、待つから…っ」

オスカーはドアの前に立ち、背中でそれを聞いていた。しかし特に応じることなく、だまって部屋を出ていく。

我慢《がまん》しきれなくなった涙を、スープの中にはたはたとこぼしながら。ティファニーは、一人でこの船の中をうろついて船員たちに取り囲まれたら、ライオネルが助けに来てくれるだろうかと――彼が知れば怒りそうなことを、半ば《なか》真剣に考えていた。

＋＋＋　　＋＋＋

二日後、船はルオシールに到着した。結局あれから一度もライオネルに会うことがないまま、ティファニーは船を降りる日を迎えることになった。

軍による急襲を警戒し、船団は接岸していない。湾内に停泊し、沖仲仕《おきなかし》らとともに艀《はしけ》を使って荷の揚《あ》げ下ろしをしている。

船長室に迎えに来たオスカーとともに、久しぶりに甲板を歩くと、忙《せわ》しなく動きまわっている船員たちが一様《いちよう》に手を止めて、ライオネルの戦利品に物見高い目を向けてきた。

と、縄ばしごのかけられた舷側《げんそく》まで来たところで、ふいに雷《かみなり》が落ちる。

「手ぇ抜くことばっか得意なぐうたら共が！　休んでいいって誰が言った⁉　今日中に目処《めど》がつかなかったら港に行かせてやんねぇぞ！」

港にまで届きそうな大喝《だいかつ》に船員たちは飛び上がり、あたふたと持ち場に散っていった。

（ライオネル――…）

何日も待ち焦《こ》がれた相手との、突然の再会だった。固唾《かたず》を呑んで立ちつくしていると、怒鳴《どな》りつけた当人は、走り去る船員たちを見まわしてから、ちらりとこちらを見て、いったん目をそらす。しかしややあって、心を決めたようにもう一度――今度はしっかりとこちらを見すえて近づいてきた。

見上げるほどに大きな体躯《たいく》、無造作にのばされた赤味の強い金の髪。よく日に焼けた赤銅《しゃくどう》色の肌、そして気分によって冷たくも熱くも輝く灰色の瞳。いつも愛嬌《あいきょう》をたたえ、けれど時折たとえようもない色香をにじませるくちびる。

もう会えないかもしれない相手を、ティファニーは食い入るように見つめた。子細《しさい》もらさず覚えておきたい。…と。

「ティファニー」

先に舷側の手すりを越え、縄ばしごに足をかけたオスカーに呼ばれた。下で待つ艀へ降りるためだ。

行かなければと思いつつ、どうしてもライオネルから目を離せない。向こうも同じように思ってくれたのだろうか。ややあってライオネルが、手すりに手をつき、オスカーに声をかけた。

「オレが運ぶ。先に行け」

そしてオスカーに続いて舷側を越え、縄ばしごに足をかけると、こちらに手をのばしてくる。

「ティファニー」

深みのある低い声に名前を呼ばれ、心にぽっと火が灯った。自然にそうなってしまうのだ。たとえいまがどんな状況だとしても。

こわごわ舷側を越えようとすると、身体を支えるように、がっしりとした腕が巻きついてくる。下に降りるまでは、何が起きても決して離さないとばかり、力強く。

「しっかりつかまってろ」

「…うん」

いつもの身軽さはどこへ行ったのか、ライオネルはひどくゆっくりと、時間をかけて縄ばしごを下りた。そして半ばあたりまできたところで、ふいにぽつりと声をこぼす。

「…何度も傷つけてすまない」

「え…?」

「オレは、自分の感情だけで動いて…色々順番をまちがえた。自分が思っていたよりもずっとこらえ性がなくて…おまえを前にすると、どうにも抑えがきかなくなって、…ずいぶん迷惑かけたな」

「ライオネル…？」

「すまない。本当は…もっと言いたいことが、たくさんあるんだが――」

どんなにゆっくり降りても、終わりは来る。

そこまで話したとき、オスカーと漕《こ》ぎ手の待つ艀まであと少しのところに来てしまった。ティファニーを受け取るため、オスカーが手をのばしてくる。

「…いや」

ティファニーはつぶやき、ライオネルの首にしがみつく手に力をこめた。ライオネルが苦笑する。

「大丈夫だ。こわくない。ちゃんとオスカーが支えてくれる」

「いや。…行きたくないの」

「ティファニー…？」

「船を降りたくない。このまま、ライオネルと一緒にいる」

「む…、無茶言うな。この船はいままでみたいに安全じゃなくなる。とても乗せとけねぇ」

「いや！　いやなの。――家を用意するって言ったじゃない、ライオネル…！」

肺の中の息を…気持ちを、しぼりだす。

「そこで、船を降りている間は、二人で暮らすって…！」

ライオネルが、ティファニーを抱く手に強く力を込めてきた。髪に顔をうずめ、香りを吸い込むように大きく息をする。

「…おまえの命を危険にさらしたくない。…な、頼む。降りてくれ」

「いやだったら…っ」

ますます強くしがみつくティファニーに、ライオネルが迷いを見せた。そう、そのまま。やはり船内に連れて帰ると心を変えてほしい——

そう祈った瞬間。

「ライオネル」

オスカーの冷たい声が、割り込むように響いた。ライオネルは、それで我に返ってしまったようだ。

「ティファニー、…最後にキスさせてくれ」

迷いの消えた、落ち着いた口調でそう言う。

ティファニーはしがみつく腕の力を弱めて、肩口に押しつけていた顔を離した。鼻先がくっつくほど近くで見つめ合い——吸い寄せられるように、ライオネルが口づけてくる。

ついばむようなキスから、次第に深く求め合うものになり、ティファニーも夢中で応《こた》える。

…彼の意図に気がついたときには、もう遅かった。

「や——ま、待って…っ」

しがみつくことから意識のそれたティファニーの身体を、ライオネルは自分から引き離してオスカーに渡す。オスカーはそれをしっかりと受け取った。

「ライオネル！」

生まれて初めて、ティファニーは自分でもびっくりするほど大きな声を出した。そのとたん、心をしばる鎖《くさり》がくだけた気分になる。

ずっとあきらめてきた。望むものが手に入らないのは当たり前だった。けれど、どうしても彼だけはあきらめることができない。

お腹の底から張り上げた大声で、そう訴《うった》える。

「ライオネル！　わたし、行かない……！」

艀に座らせようとしたオスカーの腕の中、全力でもがく。

「行かない…っ、——行きたくない…！」

「いい。気にするな。出せ」

こんなときでもオスカーの声は無情に響いた。その指示に、漕ぎ手が櫂《かい》を動かし始める。

「ライオネル——」

「座れ。海に落ちたいのか」

ぐらぐらと上下に大きく揺れる艀の中、オスカーは暴れるティファニーを抱え込むようにして無理やり座らせてきた。

はしごにつかまって船に張りついたままのライオネルが、食い入るような面持ちでその様子を見守っている。ティファニーもまた、最後まで見つめ返した。

「ライオネル…ッ」

一心に名前を呼ぶ間にも、艀は海の上をすべるように進み、みるみるうちに離れていく。そんなとき。

「迎えに行くから待ってろ！」

まるで大砲のように——太く、高く、ライオネルの声が海の上に響いた。

「海賊から足を洗って、おまえを嫁にするのに何の問題もない人間になって、いつかおまえの家に乗り込んでいく！　約束する！　だから——オレを信じて待ってろ…！」

「あのバカ…」

眉根にしわを寄せ、オスカーが舌打ちをする。

（ライオネル…！）

彼がどんな顔でその言葉を口にしたのか、ティファニーは見たかった。どうしても見たい。目に焼きつけたい。なのに見ることができない。

あふれ出た涙で視界がかすんでしまう。ぬぐってもぬぐっても止まることがなく、それは港に着くまでティファニーの頬を伝い続けた。

5章　夢の中までも淫らに

「ちょっと見て、この組み合わせ。ステキじゃない？」

「あらー、いいわねぇ！　やっぱり」

楽しげにはしゃぐ姉たちの声が聞こえてくる。

教会から帰ってきたティファニーは、開け放たれた居間の出入口の手前で足を止めた。

バーナード卿《きょう》はジョセフィーヌに、次にロアンドに戻ってきたときに結婚式を挙げると言い残していったらしい。いつ彼が戻ってきてもいいように、姉たちはこうして毎日、式の準備に余念がないのである。

（どうしよう…）

少し迷ったものの、そこを通らなければ部屋に帰ることができない。

ティファニーは彼女たちの視界に入らないよう、廊下《ろうか》の反対側の端を、足音を忍ばせて通り過ぎようとした。が、そのとき、目ざといロレーンに見つかってしまう。

「待ちなさい」

呼び止められ、ティファニーは渋々足を止めた。

「ちょうどよかったわ、ティファニー。私たちあなたに話があるの」

マチルダの声に従い、居間の中へと入っていく。光あふれるそこには、ラベンダー色と若草色、そしてひときわ美しい純白のドレスが並べて置かれ、周囲には細々とした小物が散らばっていた。

その前に立った姉たちは、険《けわ》しい顔でこちらを取り囲んでくる。

「もう聞いていると思うけど、今度バーナード様がロアンドに寄港《きこう》されるとき、ジョセフィーヌが結婚式を挙げるわ」

「おめでとう、ございます…」

おずおずと祝いの言葉を告げた。祝事を喜ぶ、その気持ちに嘘《うそ》はない。

しかし姉は疑うように、ティファニーをじろじろと見下ろしてくる。

「残念ね。バーナード様は、さすがに海賊のお下がりはごめんだと、お父様におっしゃったのよ」

「そして改めて、式を挙げる日までに必ず白骨黒旗《ブラック・ロジャー》の首領の首を取ると約束してくださったわ……！」

その時のことを思い出しているのか、ジョセフィーヌがうっとりと言う。ティファニーはその言葉にひやりとした。けれど。

『迎えに行くから待ってろ！』

『海賊から足を洗って、おまえを嫁にするのに何の問題もない人間になって、いつかおまえの家に乗り込んでいく！』

　頭の中にライオネルの声がよみがえる。それに勇気を得て、めばえた不安を追いやった。

　ジョセフィーヌは得々《とくとく》と続ける。

「両家にとって、この上なくめでたい日よ。だからあんたにその席に来られると困るの。わかるでしょう？」

　ティファニーはうなずいた。

　ロアンドの実家に戻ったティファニーを待っていたのは、まさか帰ってくるとは思わなかったと言わんばかりの父の困惑顔と、海賊と情を通じた妹への姉たちの白い目、そして使用人たちによる腫《は》れ物にさわるような扱いだった。

　これまでと変わらずに接してくれたのは、ただ一人。日曜の礼拝に行った際、教会でたまたま再会したジニーだけである。

　現在、別の屋敷で働いているという彼女は、あの日、自分がよけいなことをしなければティファニーが海賊にさらわれることもなかったはず、と涙ながらに謝ってきた。——ティファニーのことは、街中で噂《うわさ》になっているのだという。

「あんたのせいで、ただでさえ恥をかかされてるっていうのに、この上その当人が参列するなんてことになったら、ケチがつきすぎるってものだわ」

「不名誉だと、向こうの家も気にされているのよ」

「――……」

こういう目で見られることは覚悟していた。以前なら、いたたまれなくて逃げ出していたはずだ。――しかし。

ティファニーは自分を叱咤《しった》し、うつむきかけていた顔を上げる。姉たちを順に見まわしてから、落ち着いて口を開いた。

「そういうことでしたら、わたしは式への参列を遠慮《えんりょ》します。お客様の楽しい気分に水を差しては申し訳ありませんので」

「……っ」

堂々とした返答に、姉たちはとっさに意地悪も出てこない様子だった。

彼女たちの悪口など恐《こわ》くない。もっと恐いこと――好きな人を、海軍に沈められてしまうかもしれない船に残すということを経験した、いまとなっては。

そのまま頭を下げて立ち去ろうとする。それをジョセフィーヌが呼び止めてきた。

「待ちなさいよ！」

足を止めて振り返ると、彼女は薔薇《ばら》色に塗《ぬ》ったくちびるをゆがめて笑う。

「海賊船では、さぞかしひどい目に遭《あ》わされたんでしょうね。もうどこにも嫁にやれないと、お父様も嘆いてらっしゃるわ」

「…海賊が本当にひどい人間なら、こんなふうにわたしを家まで送り届けてくれたりしません」

家に帰り着くまで安全で快適に過ごせるよう、オスカーはどんな手を使ってか、充分すぎるほどの手配をしてくれたのだ。

身体《からだ》の前で組んだ手が白くなるほど、力を込めて反論する——その反応に新しい弱点を見いだしたのか、姉たちは調子を取りもどし、あざけるように言い放った。

「でも白骨黒旗《ブラック・ロジャー》は、近いうちに戦死か縛り首よ！　なにしろ何カ国もの海軍にねらわれて、近海を逃げまわっているというじゃないの」

「先日、沿岸諸国はいっせいに、自国の港に対して白骨黒旗《ブラック・ロジャー》に属する船を入港させないよう通知を出したそうよ。つまりこれからは補給もままならないってわけ」

「いつまでもつか、見物ね～」

「——…っ」

けたけたと笑う姉たちの前から、走って逃げ出す。

(そんな。ライオネル——…！)

白骨黒旗《ブラック・ロジャー》追討の包囲網がせばまっていることは知っていた。けれど街で耳にした噂では、それでも彼らは追手を翻弄《ほんろう》し、巧妙《こうみよう》に網をすり抜けているという話だった。

(どちらが本当かはわからないけど…、部屋でくつろいでいる場合じゃないわ)

ティファニーは屋敷を飛び出し、教会に引き返した。そして聖堂でもう一度、気持ちを振りしぼるようにして祈りを捧《ささ》げる。

その日だけではなく、来る日も、さらに来る日も同じように、朝から夕方までひたすら祈り続けた。

どうかライオネルが、どこの海軍にも見つからずに航行できますように。

捕まる前に海賊をやめることができますように。

元気な彼と、もう一度会うことができますように。

(どうか…どうか——どうか神様…!)

もし願いをかなえてもらえるなら何でも差し出す。これ以上は何も望まない。

自分にできるのはそれだけだと、ティファニーは朝も昼も夜も、家にいるときでさえも、必死に祈った。姉たちの揶揄《やゆ》に耐えて教会に通い続けた。

それなのに。

その努力をあざ笑うかのように、家族で朝食を取っていたある日、ジョセフィーヌ宛てに一通の封書が届いた。

婚約者のバーナードからである。

「なになに?」

「待ってよ。急《せ》かさないで」

ロレーンとマチルダの前で、ジョセフィーヌはいそいそと手紙を引っ張り出した。文面を追うその瞳が、みるみるうちに輝き出す。そして歓喜にふるえる声でそれを読み上げた。

「『白骨黒旗《ブラック・ロジャー》が我が国の艦隊によって討ち取られた。海賊の船はすべて火を放った上に沈められ、首領ほか、主立った者たちは全員捕らえられ、ルオシールにて公開処刑された！　いまルオシールの港には、縛り首になった海賊たちの遺骸《いがい》が何体も、蓑虫《みのむし》よろしく並べて吊されているる』って——」

ジョセフィーヌは手紙をにぎりしめたまま、両のこぶしを天に向けて突き上げる。

「結、婚、式、よーっ！」

喜び祝う姉たちの、弾《はじ》けるような金切り声がそれに重なった。

ただ一人、ティファニーだけは身体中から血の気が失われていく感覚に襲《おそ》われる。

（縛り…首…）

幸いなことに。その光景を想像する前に、ティファニーは目の前が真っ暗になってくずれ落ちた。

それから数日、ティファニーは何をする気にもなれず、部屋にこもり続けた。

多くの人に痛手を与え、迷惑をかけた海賊を、こんなふうに悼《いた》むのはまちがっているのかもしれない。けれど——

(ライオネルは、まちがいなく…わたしを助けてくれた…)

孤独という闇《やみ》の中から、あふれるばかりの愛情をもって救い出してくれた。それを惜しまずにいることはできない。

ティファニーの思いをよそに、屋敷は来たるべき結婚式に向けて、はなやいだ雰囲気《ふんいき》になる。その空気をまるで対岸で起きている出来事のように感じているうち、家を出たいという気持ちがティファニーの中に芽生えてきた。

ロアンドに戻ってからずっとこの屋敷に留まっていたのは、ライオネルが迎えに来ると言っていたからである。その可能性がなくなったいま、ここにいなければならない理由はない。

海賊にさらわれたという醜聞《しゅうぶん》がついてまわる娘の行く末など、年老いた資産家の妻になるか、修道院に入るかだろう。ティファニーとしては、どちらもぞっとしなかった。

(いやなことはいやって言っていいって、ライオネルが教えてくれた)

そしてたぶんティファニーはもう少し——もうほんの少しだけ、自分を大事にしなければならない。他でもない、彼がそう望んでいたのだから。

日曜日。礼拝に行くふりで教会に足を運び、こっそりジニーに相談したところ、思いがけない答えが返ってきた。

彼女は近々仕事を辞めて、隣町にある実家の古書店を継ぐことになったのだという。その町もロアンドほど大きなものではないが、やはり港を有している。

「実家は港の近くにあるんです。船員が航海中に読んだ本を売って、新しい航海に持っていくものを買うので、それなりに繁盛しているんですよ。でも両親が、そろそろ引退したいって言い出して…」

「そうなの…」

せっかく再会できたにもかかわらず、離れ離れになってしまうことに、少々気落ちしながら相槌《あいづち》を打つ。するとジニーはずいっと身を乗り出してきた。

「それで、わたし…お嬢様にも手伝っていただけないかと思って」

「…わたしが？」

意外な申し出に眼を見開くと、彼女は大きくうなずく。

「はい。正直わたし、本にあまり興味がありません。だからお客様と話のできる人にいてもらえると、とても助かるんです。――実家にお部屋を用意いたします。召使いはつけられませんけど…」

「…ありがとう」

まさかこんな展開になるとは思わなかった。安全な住居と仕事、両方が一度に見つかるだなんて。

ジニーの手を取り、強くにぎりしめる。

「うれしいわ、ジニー。すごくうれしい」

「そう言ってもらえると、わたしもうれしいです。…では、あとはどうやって家出を決行するかですね」

みそっかすとはいえ、ティファニーは子爵《ししゃく》家の娘である。家の体面を考えれば、父に正直に申し出たとしても、そのような勝手は許されないだろう。とするとひそかに抜け出すしかないわけだが――

それとなく支度《したく》をしながら数日隙《すき》をうかがっていたところ、好機はすぐに訪れた。

白骨黒旗《ブラック・ロジャー》を討伐《とうばつ》した王立海軍の艦隊《かんたい》が、ロアンドにやってきたのである。艦隊司令官が乗船していることを示す、白い将官旗の高々と掲《かか》げられた船が入港したとのことで、海賊を退治した英雄の到来に、街はお祭り騒ぎだった。加えてモードレット家は、その英雄当人を屋敷に迎えることになっている。その日は朝から、家中が上を下にひっくり返すせわしなさだった。

夜には街の名士たちを招いて舞踏会《ぶとうかい》を催《もよお》すらしい。

(今日だわ。今日しかない――)

今夜であれば、抜け出したことにしばらく気づかれずにすむだろう。探し始めるまでうんと時間がかかるにちがいない。

夜になり、本棟のほうから笑いさざめく人々の声が聞こえ始めた頃、ティファニーはそっと部屋を抜け出した。そしてあらかじめ忍び込んできていたジニーと庭で合流する。

彼女によれば敷地を囲う鉄柵に一カ所だけ、木を伝って出入りできる場所があるのだという。

「まるで海賊みたいね」

ちょっとした冒険をティファニーはそう評した。足音をひそめて庭を歩きながら、ジニーが顔をしかめる。

「もう忘れてしまいましょう、海賊のことなんて。いまだから言いますけどわたし、街が白骨《ブラック・》黒旗《ロジャー》に襲われたとき、偶然首領を見かけたことがあるんです。いまだに信じられません。お嬢様があんな野蛮人《やばんじん》をお好きだなんて」

容赦《ようしゃ》のない言葉に、少しくちびるを尖《とが》らせる。

「普段は…やさしいのよ」

「あんなぼうぼうの赤毛で」

「赤味の強い金髪よ」

「犀《さい》みたいに大きくて」

「…そこまでゴツゴツしてないわ」

「ぶっっっさいくなオッサン！」

「――誰の話をしてるの？」

「──お嬢様こそ」

腑《ふ》に落ちない思いで訊《たず》ねると、相手も同じように返してくる。

その謎が解ける前に──前方から複数の人の話し声が聞こえてきた。

「国王陛下のご病状も回復し、各国の長年の懸念《けんあん》だった海賊を、他でもないヨークランド海軍が討ち果たし、王女殿下までお戻りになるとは──なんだか今年はいいこと尽くしだな」

このままでは見つかってしまう。ティファニーとジニーは目線を交わし合い、音を立てないよう、近くの茂みの陰《かげ》に潜り込む。

「あとは陛下に毒を盛っていたという王妃様の罪状が確定すれば言うことがないんだが…」

「おい、それはまだだ。めったなことを言うな」

「だが陛下がお倒れになってからの王妃様の専横《せんおう》は、目に余るばかりだった。そのためにどんな手を使われていたとしても不思議ではない──」

話し声は、ティファニーたちが隠れている茂みのほうへ、どんどん近づいてきた。そしてある時、声のひとつが「…待て」と仲間を制する。そしてこちらに向け、鋭く誰何《すいか》してきた。

「そこに誰かいるな。出てこい！」

ぎくりと肩をふるわせ、ティファニーはあわてて、ジニーを隠すようにして茂みの陰から進み出た。

篝火《かがりび》の明かりがわずかに届く──そこにいたのは、端整《たんせい》な軍装の青年たちだった。皆、腰に佩《は》いたサーベルの柄《つか》に手をかけ、気色ばんだ雰囲気である。

ティファニーは彼らの前まで近づいていき、スカートの端をつまむと軽くひざを折った。

「あ、あの…わたし、怪しい者ではありません。ここの家の人間です…」

と、声をかけてきたと思《おぼ》しき相手が、いからせていた肩から力を抜く。

「これは失礼。王妃様の間諜《かんちょう》でも入り込んだのかと――」

「あの、あなた方は…？」

逆に問い返すと、相手はまとっていた白い軍服を示すようにして胸を張る。

「我々はヨークランド王室近衛兵《このえへい》です。国王陛下のご下命により、ロアンドまでリッツクライン卿と王女殿下をお迎えにまいりました」

「リッツクライン卿…？」

耳慣れない名前に首を傾《かし》げると、相手はあきれたように返してくる。

「いかにも。ヨークランド王立海軍のリッツクライン卿。…今夜のパーティーの主役ですよ」

ますますわけがわからない。主役は討伐艦隊の司令官たるバーナードではなかったのか。すると青年の横から、仲間がたしなめるように言い添える。

「おい。リッツクライン提督だろう。今回、海賊討伐の功によって昇進されたのを忘れるな」

「そうか。そうだった…」

彼らの会話に、ティファニーは少しおどろいた。つまり海賊を一掃《いっそう》したのは別の人物だったということか。英雄との結婚だと喜んでいた姉は、さぞかし落胆したことだろう。

「ところで…失礼ですが、あなたのお名前は？」

「はい。この家の末の娘で、ティファニーと申します」

なにげなく答えたところ、相手は目をしばたたかせた。

「モードレット家のティファニー嬢？　ひと月の間、海賊にさらわれていたという、あの…？」

あけすけなつぶやきに、青年たちの無遠慮《ぶえんりよ》な目線が集まってくる。その眼差《まなざ》しが自分の顔ではなく身体《からだ》に移るのを感じて、ティファニーは、かぁ…っと羞恥《しゅうち》に頬《ほお》を染めた。――と。

「それは誤解だと、いましがた皆に説明していたところだ」

突然その場に響《ひび》いた声に、凍りつく。

（――…え？）

低くて。

深みのある、この声は。

「――…」

衝撃に立ちつくすティファニーの視界の端で、上背《うわぜい》のある人影が、屋敷のほうからゆっくりと近づいてくる。

「ティファニー嬢が海賊にさらわれたなどというのは、まったくのデタラメなのだ。なにしろ海賊船に連れ込まれる前に我々が救出し、ひそかに保護していたのだからな。だがひと月前は我々もまた王妃に追われる身だったため、すぐには彼女を家に帰すことができなかった。そのせいでそういったひどい噂が拡まってしまったのだろう」

やがて篝火の明かりの中に現れた相手は、ヨークランド王立海軍の軍服に身を包んでいた。

それもはなやかな礼装である。

金糸《きんし》の装飾もまばゆい漆黒《しっこく》の上着に、同色の胴衣。その下に白絹のシャツを着て、美しく襞《ひだ》を調《ととの》えたクラバットをつけている。船乗りの証《しるし》である膝下までのゆったりとした脚衣《きゃくい》もまた黒く、腰には細かく象眼《ぞうがん》の細工があしらわれた革帯を締《し》め、そこに夜会用と思われる細身の剣を吊っていた。

上背ある立派な体格の分、近衛の青年たちよりも、さらに堂々とした風格が感じられる。

言葉もなく、ぽかんと見上げるティファニーに向け、相手はゆったりとほほ笑んだ。

「…そうですよね、王女殿下？」

「あぁ。まぁ、だいたいそんな感じだ」

そっけない声とともに、その後ろからすらりとした細身が姿を見せる。

オスカーさん…。

思わず呼びかけてしまいそうになった声を、すんでのところで呑《の》み込んだ。彼が、さらにきらびやかな軍装を身にまとっていたせいだ。

近衛の青年たちと似ているものの、さらに立派な白い軍服に、肩から腰にかけて、鮮やかな赤い帯をたすき掛けにしている。肩章《けんしょう》や釦《ぼたん》飾り、袖《そで》飾りの美麗《びれい》な金の装飾と相《あい》まって、目もあやな出で立ちである。

はたしてこの相手は、自分の知る人物と同じなのか。

自信をなくして見つめていると、ティファニーの前にいた近衛の青年たちが、ぴしりと背筋をのばして居住まいを正した。

「スカーレット様！」

「王女殿下！」

王女殿下、と呼ばれた当人は、その場に居合わせた人々へ説明するように、静かに口を開く。

「私をかくまっていたライオネルの艦隊には、義母《はは》上から出頭の命令が出ていた。しかしそれをずっと無視し続けたために、王命に反する罪で逮捕状まで出された。もし見つかれば私共々、即刻反逆罪で捕らえられるのはまちがいない。…ティファニー嬢は、そういった我々の事情を理解し、家に帰った後までも、かたくなに口をつぐんでいてくれたのだ。おかげで我々は秘密が漏《も》れることなく逃げ続けることができたが、ティファニー嬢にはあらぬ噂が立ってしまった。…本当に申し訳ないことをした」

その説明に、近衛の青年たちは先ほどと打って変わった感嘆《かんたん》の眼差しを、こちらに向けてきた。

「なるほど。そういうわけでしたか…」

しかしティファニーの頭の中はそれどころではない。

「まったく水くさいじゃないか。この父にくらいは打ち明けてくれてもよさそうなものを！」

娘が帰ってきて以来、家の体面を気にしていた父が、人影の後ろで恨めしげにぼやく。さらにその後ろでは姉たちが、甲高《かんだか》い声で不満を述べているようだ。

そんな周囲の雑音も、いまのティファニーの耳には入らない。

「…ライオネル？」

周囲から頭ひとつ飛び出している相手の顔を、何度も何度も見直した上で、ぼんやりとつぶやく。

彼はにやりと笑った。

「またお会いできて、これ以上うれしいことはありません」

「――…」

「どうかしましたか？　まるで海賊の顔でも見たかのような驚きようですよ」

しれっとした問いに、混乱しきりの頭で応じる。

「え…だって、海賊――…」

「こ、これ、ティファニー！　提督《ていとく》に向かってなんてことを！」

あわてる父親に向け、見上げるほど立派な体軀《たいく》の提督は、大らかに笑った。

「かまいません。軍務の一環として、積み荷目当てに敵国の商船を拿捕《だほ》することもございますので。言ってしまえば我々も海賊と大差ありません」

(提督？　王女殿下…？)

何度目を凝《こ》らしてよく見ても、ライオネルとオスカーは美々《びび》しい軍装をまとっている。とても海賊には見えなかった。

そもそもみんなはオスカーを王女と呼んでいるけれど。そして確かによく見れば、細身の身体つきといい、端正な細面《ほそおもて》といい、女性のように見えなくもないものの。

どこの世界に海賊船に乗り、男たちに交じって暮らす王女がいるというのだろう？　訳がわからない。

(いったいどういうこと⁇)

起きていることが呑《の》み込みきれないでいると、父が焦《じ》れたような声を上げる。

「だがそれは各国ともにお互い様だ。ティファニー、いくら海賊のせいでいやな目に遭ったからといって、そんなことを気にするな」

たしなめる声に、ぼんやりとうなずく。ライオネルはフッとくちびるをほころばせた。

「ええ、ですがもしご令嬢がそのことをお気に病むのであれば、私は艦を降り、商船に乗り換えるのも辞《じ》さない覚悟です」

そう言いながら、大きな身体がティファニーの前で腰を折り、白い手袋に包まれた手を胸に当て、上体をかがめる。

「約束通り迎えにまいりました。遅くなって申し訳ありません」

「――…」

外見はまちがいなくライオネルである。が、それにしてはこの洗練《せんれん》された言動が解《げ》せない。まるで中身だけが何者かと入れ替わってしまったかのようだ。

言葉もないティファニーに向け、父は押し殺した声で命じてくる。

「ええい、さっきから何をぼんやりしているのだ！　提督に庭を案内して差し上げなさい…！

――ささ、王女殿下、どうぞこちらへ。当家秘蔵のワインなどご賞味《しょうみ》ください」

ライオネル以外の者を、追い立てるようにして屋敷のほうへとうながすと、父はこちらを気にする様子ながら自分も一緒に去っていった。

その場がしんと静まったところで、ようやく先ほどから木陰《こかげ》に身を潜《ひそ》めていたジニーが、左右を見まわしながら顔をのぞかせる。

「いまの、ジョセフィーヌ様たちの顔を見ました？　くやしそうに扇子《せんす》をへし折ってましたよ。いい気味！」

そう言ってくすくすと笑う彼女に、ひとまず今夜は家出を取りやめる旨《むね》を伝える。ジニーは快《こころよ》くうなずいてくれた。そして帰りしな、ライオネルは自分が目にした白骨黒旗《ブラック・ロジャー》の首領とはちがうと断言する。

「どういうこと？」

二人きりになると、ティファニーは早速ライオネルに詰め寄った。

「白骨黒旗《ブラック・ロジャー》は討ち取られたって、みんなが言うから、わたし…てっきり――」

「討ち取られたさ、本物は。一年も前に」

「一年前…？」

つぶやきながら、ティファニーは真相に気づく。

「あなたたちは…偽者だったの…？」

「そうだ」

ライオネルは軽く肩をすくめた。

「昨年の話だが…、国王陛下が病気でお倒れになってから、政治の実権をにぎった王妃は、なりふりかまわないやり方でオスカーの命を狙うようになってな」

「あの、その、オスカーさんって…」

たったいま父親とともに去っていった、美々しい軍装の細身を思い起こして訊《たず》ねると、ライオネルは「あぁ、そうか。そこからか」と頭を掻《か》く。

「あいつはこの国の第一王女で、本当の名前はスカーレットっていうんだ。オレとは幼なじみで…、オスカーっていうのは、子供の頃にあいつがあんまり女らしくないんで、ふざけてつけた愛称《あいしょう》だ」

「王女…、幼なじみ…」

つぶやいたきり絶句してしまう。あのオスカーが実は王女だったことと、女性だったことと、どちらに驚けばいいのかわからない。

船を降りるとき、艀《はしけ》の上で抱きかかえられたはずだが、他のことで頭がいっぱいだったせいか、まったく気がつかなかった。

呆然《ぼうぜん》としたままのティファニーの前で、ライオネルが苦笑する。

「あいつは昔っからあんなで、剣術とか、学問とか、男のすることにばっかり興味を持っていてな。それで代々海軍大臣をまかされている軍人家系のオレと、気が合ってよく一緒に行動してたんだ」

「そうだったの。どうりで…」

船の中での二人のやり取りを思い返し、うなずいた。気の置けない関係は、そうやって古くから培《つちか》われたものだったのだ。

「だがあいつが、優秀な成績であれこれを習得するに至って、雲行きがあやしくなってな…」

自分の息子である王子たちよりも秀《ひい》でた才覚を見せる庶出《しょしゅつ》の姫に対し、王妃は次第に敵意を隠さなくなっていったという。

「陛下がお倒れになった後、王妃の執念《しゅうねん》に身の危険を感じたあいつは、王宮を脱出して、艦隊を率《ひき》いていたオレのとこに転がり込んできた。だが…それもすぐにばれてな。オレの艦隊に即刻帰還命令が下ったんだ。それを無視していたら、今度は艦隊《オレたち》まで王命への不服従で反逆罪だときたわけだ。…白骨黒旗《ブラック・ロジャー》が、このロアンドを襲撃《しゅうげき》したのはそんなときだった」

新月の晩、海賊たちが街へなだれ込んできたときのことを思い出し、ティファニーは胸の前で手をにぎりしめる。その手を、ライオネルの大きな手が包み込んだ。

「大丈夫、あいつらはもういない。オレたちが根こそぎ退治した。…ロアンドから離れたあいつらを、うんと遠い海域まで追いたてて攻撃し、壊滅させたんだ。そして――」

「成り代わった…のね」

つぶやきに、彼はにやりと笑う。

「そうだ。オレの艦隊は逃亡したまま行方不明。――海軍が血眼《ちまなこ》になってそれを探している間、オレたちは白骨黒旗《ブラック・ロジャー》として、悠々自適《ゆうゆうじてき》に私掠《しりゃく》にいそしんでいた」

私掠というのは、自国から免状《めんじょう》を得て、敵国やそれに味方する国の船を襲い、略奪《りゃくだつ》することだ。ライオネルは免状を持っていなかったはずだが、敵国の船の拿捕は海軍の任務の内でもあるので、ぎりぎり法律にふれないと言えるのかもしれない。

「楽しかったぜ。オスカーは船に乗るのは初めてだったが、まさに水を得た魚でな。航海士として、めきめき頭角《とうかく》を現した。宮廷に残っていたあいつの支持者が、王妃の陰謀《いんぼう》を暴いたと迎えに来たときには、がっかりしていたくらいだ」

「――…」

そして海賊のふりをする必要のなくなったライオネルたちは、自分たちが白骨黒旗《ブラック・ロジャー》を討伐したことを公にし、堂々と帰還を果たしたということらしい。

つまりバーナード卿の手紙にしたためられていた『我が国の艦隊』とは、ライオネルたちのことだったのだ。

「ちなみに公開処刑にしたのは、俺たちと同じように白骨黒旗《ブラック・ロジャー》の名を騙《かた》って悪さをしていた別の海賊だ。たまたま俺たちの帰路に居合わせたのが運のつきってやつでな」

まるで小説のような話だ。ティファニーは、知らずに詰めていた息を大きく吐き出した。

「でもそれなら…わたしをさらったのは、どうして?」

問うと、それまで自信にあふれていたライオネルの顔に、ばつの悪そうな表情が浮かぶ。

「まぁ…最初は話題作りのつもりだった。敵国の船ばかりねらってたんじゃ、ほんとに白骨黒旗《ブラック・ロジャー》かって怪しまれるかもしれないからな。たまにはヨークランドも襲わないと…」

だが軍人として、さすがに自国民の血を流すことはできない。そのため、なるべく派手な噂になるような騒ぎを起こそうとした、ということのようだ。

説明を呑み込もうとするティファニーに、彼は顔を近づけてくる。

「本当は、おまえの身体や、名誉を傷つけるつもりもなかったんだ。すぐに適当な街で降ろして、たまたま居合わせた海軍に救出されたって形で、屋敷に帰してやるつもりだった。けど事故が起きて——」

「オレがおまえに惚《ほ》れて、理性をぶっ飛ばした挙《あ》げ句《く》に手を出しちまったっていう、思わぬ事故が」

「——……」

　ということは、あれは予定外だったというわけか。

　やや責める色合いをにじませたティファニーの眼差しを受け、彼はなだめるように頬にキスをしてきた。

「悪かったって。そのせいでオレ、後でオスカーにすげぇ殴られたんだぜ」

「オスカーさんが？」

　いつも冷静で淡泊《たんぱく》な人物が、そんな理由で手を上げたという事実におどろいてしまう。その時のことを思い出してか、ライオネルは苦く笑った。

「こっちの都合で巻き込んだ相手に対して何しやがった、っておかんむりだった。あんなに怒ったあいつを見たのは初めてだ。その後おまえを奴隷《どれい》市に売るって言ったのも、もちろん本気じゃない。おまえをオレから引き離して守ろうとしただけだ」

　真相を次々に明かされ、ティファニーはただただ面食《めんく》らうとともに、ロアンドに戻ってからの心がつぶれるほどの心配と不安を思い出し、頬をふくらませる。

「言ってくれればよかったのに」

「事故？」

「言いたかったさ！　…だがみんなのために、秘密をもらすわけにはいかなかった」

ライオネルはもそもそと言った。

「船の中で最後ずっとおまえを避《さ》けてたのも、そのせいだ。もし泣かれでもしたら、真相を全部ぶちまけて、なぐさめたくなりそうだったから…」

大まじめな顔でそう説明され、怒る気もなくなってしまう。

「ばか…」

小さくつぶやいたくちびるに、ライオネルがキスを落としてきた。

「隠し事ばっかりだったことを許してくれ」

そのやさしい感触に、幸せな気分がとろりとにじみ出てくる。

「…ロアンドに帰ってから、毎日必死に祈ってたのよ。どうかライオネルをお守りください。もう一度彼と会わせてください。願いを叶えていただけるなら、他に何も望みません、って…」

「ティファニー…」

「あなたが、わたしのところに生きて戻ってきてくれた。それ以外のことはどうでもいいわ」

実際、これ以上うれしいことはない。いまだに夢なのではないかと不安になってしまうほど。

想いを込めて返したティファニーを、ライオネルは感極《かんきわ》まったように、ぎゅうっと抱きしめてきた。その力強く温かい抱擁《ほうよう》に喜びを噛《か》みしめる。

「さっきの答えをくれ」

「さっきの？」

訊《き》き返したティファニーの前に、ライオネルは恭《うやうや》しくひざをついた。そして丁重にこちらの手を取り、熱のこもった眼差しで見上げてくる。

その姿は、まるで本の中に出てくる古い時代の騎士《きし》のよう。一瞬見とれてしまったティファニーに向け、彼は灰色の瞳に柄にもなく緊張をにじませて口を開いた。

「迎えに来た。ティファニー、オレと結婚してくれ」

「――…っ」

「港の近くに城を建てて、そこで暮らそう。…なんだったら、この屋敷でもいい。おまえの姉たちはオレが腕によりをかけて追い出してやる」

至極《しごく》まじめな顔で言われたことに、ティファニーはつい噴《ふ》き出してしまう。

「もう。せっかく感動していたのに、台無しだわ」

「じゃあ――」

期待をこめて見つめてくる相手に向けて、くすぐったい思いでうなずいた。

「わたし…ライオネルの家族になりたいって、ずっと思ってた」

「よぉぉおし！」

獅子《しし》が咆吼《ほうこう》するように喜びを爆発させ、ライオネルは立ち上がりざま、ティファニーを抱き上げる。

「きゃぁあっ」

「すぐに結婚式を挙げよう。明日結婚しよう！　オレちょっといまから神父んとこ行ってくる！」

「ラ、ライオネル、下ろしてっ。明日結婚なんて無理よ…っ」

「なんでだ？」

「だって…何も準備してないわ。ドレスとか、ご家族に挨拶《あいさつ》とか…」

ティファニーは、ようやく自分のよく知るライオネルの姿が見られたことに、どきどきしながら応じた。

「あー…。まぁ、そりゃそうだな」

彼は急に声の力を失い、ティファニーを地面に下ろそうとする。…しかし、ふとその手を止めた。

抱き上げているティファニーに指でちょいちょいと合図をし、顔を近づけたこちらの耳元に口を寄せ、甘く潜《ひそ》めた声でささやいてくる。

「で？　一人遊びしてみた？」

とたん、カァァッ…と頬が紅潮《こうちょう》した。跳《は》ね上がるようにして相手から顔を離す。

「し、してないわ！　するわけないでしょ」

「おまえと一緒に送りとどける荷物の中に、玩具入れ忘れちゃったからな。後でそのことに気づいてどれだけ後悔したか」

「――…」

いちいちいやらしい単語を意味ありげに言うのはやめてほしい。そしてここひと月、彼の無事を祈るために使った時間をちょっと返してほしい。

むぅ、とくちびるを引き結んでいると、彼は一人で気を取り直したように言う。

「でもま、道具がなくたってできるもんな。自分でする方法も教えておいたし」

「し…してない、ったら…っ」

「うそだー。指でいじるくらいはしたんだろ？」

「し、して…い、もの…」

「ん？　なんだって？」

ライオネルはご丁寧にも、ティファニーの顔が自分の目の前に来るように抱き位置を変え、訳知り顔で見つめてくる。当初シラを切っていたティファニーも、やがて根負けをし、もそもそと口を開いた。

「ラ、ライオネルがいけないのよ。変なこと教えるから…っ」

ライオネルは破顔し、ちゅぅっと音を立ててティファニーの頬にキスをしてきた。

「…ふ、ぅ…っ、ん…」

くちゅくちゅという、ひそやかな音が静かな寝室に響く。

ティファニーは生まれたままの姿になり、自分の指でそこをいじり続けていた。左手の指で秘裂《ひれつ》を開き、右手の指で、蜜《みつ》のにじんだ蜜口《みつくち》をなで、そのぬめりを花芽にまぶしていく。あられもなく脚《あし》を開き、とろとろに秘処《ひしょ》をぬらす恥ずかしいその姿も、顔も、――目の前に座ったライオネルにじっと見られていた。

情欲にぬれた灰色の瞳に見つめられていると、よけいに官能《かんのう》が深まっていく。強い視線と目が合うごとに、身体は羞恥《しゅうち》と興奮に、燃え上がるように熱くなっていった。

モードレット家の一室、ライオネルに割り当てられた客間である。その寝室には、三人くらい余裕で眠れそうな、大きな羽毛のベッドが置かれていた。

そして二人は上等な亜麻《あま》布の敷布《しきふ》の上に、向かい合って座っている。彼の言いつけに従《したが》い、自らの秘部《ひぶ》にくちゅくちゅとふれていたティファニーは、ヘッドボードの枕に預けていた背をひくりと丸めた。

「んっ…ん、…、っ…」

「声を我慢《がまん》するな」

「が、…我慢、なんて…してない、…っ」

短い指示に、困惑《こんわく》を交えて返す。ライオネルにされる時とちがい、自分の手では、なかなか声を上げるだけの快感が得られないのだ。

それでもティファニーは、ロアンドに戻ってきてから過ごしたひと月の中で、自分で自分を慰《なぐさ》めた夜があった。ライオネルのことが心配で、その無事を祈りながら寝ていたはずなのに、ふとした瞬間に彼から与えられた快楽や、時折目にした裸身《らしん》が一緒に思い出されてしまい、つい…つい、教えられたことを実践してしまったのだ。

「…ん、…、…ふ…っ」

彼と身体を重ねたときのことを——その快感を思い出し、気分を高めて、それから指で秘処をいじる。…教えられた通りにやっても、達《たっ》するまでの道のりは長かった。

やがて、見つめられることに耐えられなくなったティファニーは、とうとう降参する。

「ライオネル、ライオネル。…やっぱりだめ。一人ですると、とても時間がかかるの」

「なんでだ？」

「わ、わからない、けど…。たぶん、加減しちゃうから…？」

彼の指のように、問答無用でこちらの気分をあおり立ててくるような、そんなためらいのなさが自分にはない。だから刺激も緩慢《かんまん》なものとなり、なかなか決定的な瞬間を迎えられない。

そう言うと、彼は苦笑した。

「前をいじるだけじゃなくて、中に指を挿《い》れてみろ」

「うん…。…ん、…っ…」

言われた通り、蜜口《みつくち》の中に中指を入れてみる。するとその、とろりとした淫《みだ》らな感触に顔が熱くなった。けれど指はくちゅくちゅとそこをかき混ぜるばかり。

「だめ、みたい。指…全然、とどかなくて…っ」

しばらく試した後、羞恥をこらえて打ち明ける。涙でうるんだ青い目ですがるように見つめると、彼は「しょうがねぇな」とつぶやいて、ひざを進めてきた。

「一緒にやってやるよ。…あ、こら、抜くな」

ティファニーが指を抜こうとしたのを制し、そこに自分の中指を挿《さ》し入れてくる。そして様子を見るようにグチュグチュとかき混ぜた。

「あぁ、ホントだ。おまえの指、短いんだな…」

「あっ、や、…やぁ…っ…」

きゅうきゅうからみつく蜜洞《みつどう》の中、ライオネルの中指が、形をなぞるようにティファニーの指にふれてくる。自分の中で行われている愛撫《あいぶ》に、火がついたように下肢《かし》が熱くなった。

「う、動かしちゃだめ…ぇ…っ」

うろたえながら訴《うった》えると、ライオネルは軽く笑う。

「動かさなくてどうやって達《い》かせるんだよ。…ほら、ここも一緒にいじってやる」

言うなり、今度は秘玉《ひぎょく》に親指をあてがってくる。そして元々そこにあったティファニーの親指ごと秘玉を押しつぶしてきた。敏感な身体がビクン、と跳《は》ねる。

「あぁっ…」

「お、締《し》まった。…感じたろ?」

彼の言う通り、蜜壺《みつつぼ》の中に入れたままの二人の指を、媚壁《びへき》がせつなくしぼり上げている。淫らな感触に、ティファニーは言葉もなくこくこくとうなずいた。

「おまえのいいところは、ここだ」

言葉とともに、奥の、もっとも敏感なところを長い指の先でくりくりと刺激される。とたん、

「あぁぁっ…、あっ、やゃぁぁっ…」

一段と妖《あや》しくうねり出し、きゅうきゅうと中のものをしぼり上げ始めた蜜壁《みつへき》のあさましい動きを、自分の指で感じてしまう。

「やぁっ、これ…あ、あっ…」

ぬれた淫唇《いんしん》がわななき、奥の秘密の場所で生じたぐつぐつと熱い感覚が、解放を求めて高まっていく。その間にも、長い指は同じ場所を飽きずにくすぐり続けていた。鋭くも甘い痺《しび》れが、そのたびにティファニーの腰をうごめかせる。

「やっ、もうだめ…っ——あっ、あぁ、はぁっ、…あぁぁぁぁんっ…」

甘い嬌声《きょうせい》とともに、丸めた身体をびくびくと引きつらせ、ティファニーはただ、身の内で迸《ほとばし》り出た快感を追った。爪先《つまさき》までも丸めて、大きな愉悦《ゆえつ》の波を最後の一滴まで感じ取る。

「…ぁ、っ…」

頭の芯から痺《しび》れるような気持ちよさが少しずつ退《しりぞ》いていき、身体のこわばりがほどけていく。うるんだ瞳でとろんと虚空《こくう》を眺《なが》めるようになると、ライオネルは、ひくつく蜜口から自分の指を引き抜いた。

「自分でするには、やっぱり玩具《おもちゃ》が必要だな。これは」

からかい口調に、首をふる。

「い、いらない…っ」

「まーたまた。置いておけば使うくせに」

「ライオネル…ッ」

涙目で抗議すると、彼は声を立てて笑った。そして目尻《めじり》にキスを落としてくる。

「使えよ。一度船に乗ると、すぐには帰れないからな。…一人の夜でもオレを思って、オレにされてる気分になって、いい気持ちになってくれ。オレもそうしてる」

「…ライオネル、も…?」

「あぁ。船の中ではよく、おまえを押し倒した時のことを思い出す。するとまぁ…漲《みなぎ》っちゃうからな」

「ば…ばか…っ」

何を言うのかと、青い目を瞠《みは》った後に軽くにらむと、彼はくっくっと喉《のど》を鳴らして笑った。

「ほら、もう一度だ。…指を増やすぞ」

ティファニーの手をどけると、彼は今度、自分の指を二本挿入《そうにゅう》してくる。長くて太いそれを束ねるようにして埋め込まれ、蜜壺は急にいっぱいいっぱいになった。

「ライオネル…ぁ、…あっ、…ん」

想う相手からの淫らな愛撫《あいぶ》に、内壁は悦《よろこ》びさざめき、熱を孕《はら》んでからみつく。くちゅくちゅという音に頬を染めながらも、ティファニーは快感を拾おうと、蜜壁をこする彼の指の動きを意識した。

親指は相変わらず花芽をくすぐってくる。蜜にまみれたそれを弄《もてあそ》ばれると、媚壁《びへき》は恥ずかしいほど中の指をしめつけ、下腹部に甘い悦びの火を灯す。

「あぁんっ、あっ…、あっ…あぁ…」

二本の指でかき混ぜられた内壁は、やがてそれを何の問題もなくしゃぶるようになった。と、彼は次に三本目を押し入れてくる。

「そ…そんな、そんな…たくさん、だめっ…」

急にぐっと拡げられた圧迫感に首をふる。しかし彼はこちらの膝頭《ひざがしら》に手を置き、さらに脚を開くよう求めてきた。

「オレのはこんなもんじゃないだろ？　久しぶりだから、よくならしておかないとな」

そして言われるままに脚を開いたティファニーの秘部を、ぐちゅぐちゅと念入りに拡げようとする。

「んっ、…んんっ、…あ――」

　一度達した身体は、ひどく敏感になっていたため、その抜き差しの際、親指が意図せずして秘玉をかすめただけでも、ひどく感じてしまった。

「ひぁっ…ぁん」

「あぁ…、やっぱりティファニーのイイ声は腰にくる」

「あ、…あっ…あ…、っ…はぁんっ」

　まるで声を愉《たの》しむかのように小刻みに指を出し入れされ、脚の付け根がひくひくと反応する。そしてある瞬間、彼は突然ティファニーの身体をくるりとひっくり返すと、よつんばいのような体勢にして、上にのしかかってきた。

「やっ…、な、なに…?」

「そろそろオレも気分出しておきたくて」

　そう言うと、蜜壺に入れたままの三本の指の動きを再開させ、さらに胸の果実をもぐような手つきで捏《こ》ねまわし始める。さらにすでに昂《たか》ぶっている自身の雄《おす》を、ティファニーの秘裂にぐっと押し当ててきた。

「あっ…あぁっ、そんな――…」

　動物のような恥ずかしい体勢と、臀部《でんぶ》に当たる傲然《ごうぜん》と勃《た》ち上がった昂ぶりの感触。あからさまで厳然《げんぜん》とした官能の予感に、顔に火がついたような思いで恥じ入り、身もだえる。

蜜壁がひくひくとうねったことに気づいた彼が、艶《なま》めかしくささやいてきた。

「指に感じたのか？　それとも、久しぶりのコレに期待してるのか？」

秘裂に押し当てた肉茎を前後にゆらして訊ねてくる。それはすでにびくびくと脈打ち、いきり立っていた。

「あ、や、ぁぁ…っ」

「声を聞いてるうちに、こんなになった」

「はぁっ…、や、あぁっ…、指、激し…っ」

たっぷりとぬれそぼった蜜壁は、いまや三本束ねた彼の指を問題なく呑み込んでしまっている。勢いよく内壁を抜き差しする際の、ぐっちゃぐっちゃと粘《ねば》ついた音に耳を塞《ふさ》ぎたくなった。

「…んっ、…んんっ…」

肌という肌を甘く痺れさせ、ティファニーは背をこわばらせてひくひくと刺激に耐える。

「よし。頃合いかな」

軽いつぶやきとともに、蜜口をかきまわすライオネルの指の動きが、さらに激しさを増した。手のひらは硬く勃ち上がった秘玉をぬるぬると捏ねまわし、押しつぶす。

「ひゃぁあっ。やぁ、それっ、…それだめ…ぇ」

快感から逃げるように腰をくねらせると、それに従って突き出した尻までも虚空《こくう》に孤《こ》を描き、必然的に、尻のあわいに押しつけられている、ずっしりと存在感のある欲望を感じてしまった。おまけに彼はその昂ぶりでティファニーの尻から蜜口にかけての溝をこすりたててくる。

「やぁぁんっ、…ライオネル…ッ」

懇願《こんがん》するように名前を呼ぶと、彼の手が胸から離れてまろやかな臀部をなでた。大きな手で、愛《め》でるように何度もなでてくる。

「かわいい尻をふりたてて、そんなにオレを煽《あお》るなよ。それでなくてもずっと我慢してたから、加減できなくなりそうなのに」

含み笑いで言いながら、彼の長い指は、奥の感じやすいところを突いた。そして手のひらはぐりぐりと秘玉を刺激する。

もっとも鋭敏《えいびん》な箇所を中と外から同時に責められ、湧《わ》き上がるぞくぞくとした快感に、あっという間に昇り詰めてしまう。

「あっ、あぁっ、…や、あぁぁぁ…っ」

やわらかく拡げられた蜜壁《みつへき》が、びくびくとわななないて三本の指をきつく締《し》めつけた。高く上げた腰を打ち振るわせ、ティファニーは甘く蕩《とろ》けた声を切れ切れに発する。

「あぁ、…あっ、…ぁ…っ」

ぬちゅっと彼の指が引き抜かれた時、広げた脚の狭間《はざま》に、蜜がひと筋こぼれるのを感じ、火照《ほて》った顔がさらに熱くなった。

と、その余韻《よいん》をかき分けるようにして、いきり立った彼の欲望が蜜口に押し当てられる。

「ティファニー、…」

せつなく名前を呼びながら、それは秘裂の中へじわじわと押し込まれてきた。蜜口からしていっぱいに拡げるその圧迫感に、ティファニーはしっとりと汗ばんだ背中を、弓なりに反《そ》らしてこらえる。

「お…、おっ、…きい…っ」

「その大きいの、待ってたんだろ？　自分の指じゃ全然足りなくて、これで奥の奥まで突かれたかったんじゃないのか？」

「あぁっ…、だめ、そんな…っ、はいんない…――あぁぁ…っ」

ひと月ぶりに受け入れるそれは、ひどくずっしりとして、以前よりも嵩《かさ》が増えたような気がした。みしみしと内壁を拡げるものの感覚も、苦しいばかり。ぞわぞわと甘く疼《うず》いていたはずの蜜洞は、これまでになくいっぱいに拡げられ、おののいている。

「すまん。久しぶりでだいぶ興奮しているようだ」

ライオネルが、少しばつが悪そうにつぶやいた。

「…はぁ――はっ…ぅ」

「大丈夫。ゆっくりやる。ここも、ここも、いじってやる」

浅く息を吐き、ぎゅっと目をつぶるティファニーの身体に、彼はするりと手を這《は》わせてくる。

そしていじられすぎて硬く尖った秘玉と胸の頂《いただき》とを、ふたたび指で愛撫し始めた。

「あっ、は、…あぁん、…あぁっ」

指の腹で転がすようになで、あるいは軽くつまんで、引っ張ったり、くにくにと捏ねたり。敏感な箇所への絶え間ない刺激に、下肢《かし》から熱く甘苦しい疼きが湧き上がり、秘玉をいじる指をさらにぬらした。

気持ちよさに耐えかねて身体をのたうたせると、貫《つらぬ》かれた下肢の一点に引っかかり、そこを意識させられる。そして引っかかるごとに、蜜壁がその愉悦《ゆえつ》を拾ってざわざわと痺れ、悦びを得ていることを感じた。

「少し楽になったな？　やわらかくなってきてる」

すぐにライオネルに言い当てられ、羞恥に目眩《めまい》がする。しかしぷっくりと腫《は》れた花芽をなおも指で遊ばれ、背をのけぞらせてあえいだ。

「あ、…あっ、…あぁぁん」

次々と与えられる淫《みだ》らな刺激に身もだえるほどに、絶対に入らないと思ったものが、ず…ず…と少しずつ押し入ってくる。媚壁《びへき》にも先ほどのこわばりはすでになく、やわらかく拡がってうごめき、欲望を奥まで妖《あや》しく誘い込んでいた。

大腿《だいたい》までも蜜液《みつえき》でぬらし、腰だけ高く突きだした格好で、開ききった秘処を剛直《ごうちょく》に貫かれている。信じられないほど奔放《ほんぽう》な自分の格好もまた、身体の奥でくすぶる熱を幾重《いくえ》にもあおった。

「んぁっ、…あぁぁっ…、…ぁあぁん」

核心を剥《む》き出しにして指で捏ねられ、胸の先端をつまんでこすりたてられ。彼の愛撫は、ティファニーの中の官能の火を燃え立たせるという使命に邁進《まいしん》するかのごとく執拗《しつよう》だった。

絶え間なく与えられる目のくらむような快感に、下肢で疼く熱が悩ましく膨れ上がっていく。たまらなく甘い痺れがせり上がり、肌という肌を灼《や》く。

「もうやめてぇっ…。ライオネル、も、…もう、だめ…っ」

ティファニーの背中がびくびくっとふるえた。

「だめって、何が？」

「そればっかり…、いじっちゃ、…あぁぁぁ…っ」

花芽で弾けた鋭い快感に、のけぞらせた背が再度ひくひくとわななく。それを感じた蜜壁が、さらに潤《うるお》って彼の昂ぶりにうねうねとからみつく。

「でも、こうされたほうが気持ちいいだろ？」

ティファニーが身じろぎ、腰をくねらせ、逃げても逃げても――ライオネルの指は、どこまでも追ってきて淫らな刺激を与え続けてきた。

そうやって、突き上げた下肢の付け根が怒張《どちょう》を呑み込んでいく苦しさから、意識をそらそうとしている。また蜜洞がそれらの愉悦を感じてくねくねとうねる様《さま》を味わっている。

「だめっ…、感じすぎちゃうから…はぁぁ、ぁん…！」

秘玉をくちゅくちゅとこすりたてていた手が、それをきゅぅっとつまんだ。

「あぁあっ、…やぁぁ…っ」

「感じればいい。もっともっと乱れた格好を見せてくれ」

「…っ、そんな、恥ずかし…」

「だから、恥ずかしくていやらしいティファニーをもっと見たいんだ。オレの指と、コレの気持ちよさで、ぐちゃぐちゃになってる姿が」

「でも…でも…」

「今夜はオレもだいぶ興奮してるからな。激しくなるかも」

「え…?」

問う声に、低くひそめた卑猥《ひわい》なささやきが応じた。

「ぐちゃぐちゃにしてやろうな」

そして、ずぅんっ、と強く奥を穿《うが》つ衝撃が来る。

「きゃぁあっ」

ようやくすべてが収まったようだ。圧迫感と、衝撃と、そのあわいから熱くにじみ出す甘苦しい感覚に、ティファニーは脚を広げ、腰を突き上げたままの格好で呼吸を調《ととの》える。

「っ、…は…う、ん…っ」

「気持ちいいか?」

「あぁっ…」

小さく揺らされ、汗にぬれた肩がびくりとふるえる。気持ちいいかどうかというより、ライオネルの存在を苦しいほどに感じていた。

ずっしりと滾《たぎ》った脈動《みゃくどう》を下腹部の中に感じる。蜜洞をいっぱいに拡げたそれは、気持ちよさそうにビクビクとふるえていた。そして悦んでいるのは蜜洞のほうも同じである。

「いいんだな。顔が蕩けてるぞ」

敷布に頬をつけたまま、うるんだ眼差しで虚空を見つめるティファニーを、ライオネルが身を乗り出すようにしてのぞきこんできた。その際、中のものがず…と押し込まれ、甘い声がこぼれる。

「はぁんっ」

ライオネルに再会できたうれしさと、もっといやらしくと言われたことと。ふたつの理由から、ティファニーは恥じらいをほんの少しだけ手放していた。結果、得られる快感がより大きくなったように感じ、蜜をしたたらせる腰を淫らに振り立てる。

ぐちゅぐちゅと果実が潰《つぶ》れたような音が響き、ライオネルは感じ入ったようにつぶやいた。

「奥はとっくにぐちゃぐちゃだな。うねって、からみついて、締めつけてくる。…最高だ」

ひくひくと波打つ蜜洞に、硬くそそり立ったものを、ずんずんと打ちつけてくる。その動きは次第に遠慮をなくし、一層熱を込めることで、ティファニーの官能をも煽《あお》っていった。

「ひぁっ、…あぁぁ、んっ、…あ、ぁあぁぁん…っ」

熱く脈打つもので幾度も蜜壁をこすられ、下肢の奥がひどく疼く。勢いよく打ちつけられるごとに募る甘美な刺激に、腰がぐずぐずとくずれてしまいそうだ。

「…あぁあっ、あ、んぁぁ…、…ラ、…ライオネル、ライオネル…ッ」

全身をぶるぶるとふるわせて悶《もだ》えるティファニーを見下ろし、彼もまた熱い息を乱して告げる。

「ずっと待ってた…。夢にまで見たんだぜ。おまえとこうするの」

「はぁ…っ、あぁぁ、ぁ、…っ」

腰を前後させるライオネルの動きに、ティファニーもまた合わせた。快感を食《は》み合う一体感に、接合部が溶けていくような錯覚に陥る。溶けてひとつになってしまったかのような感覚の中、下肢の奥に打ちつけられる、甘苦しい強烈な痺れが幾度となく背筋を駆《か》け上がり、ティファニーの身体を際限なく燃え立たせていく。

「んっ、…んぁぁっ、ぁあぁん…っ」

肌はどこもかしこも敏感に張りつめ、時折彼が気まぐれに背中を舐めてくるのにすら、高く甘い声を発してしまう。そんな状況でも、ライオネルは胸の果実を揉みつづけ、秘玉への刺激をやめなかった。

「あっ、あぁっ、あ、ぁあっ、ぁぁぁ…っ」

激しく前後に揺さぶられながら、あられもなくあえぎ続ける。いつもより興奮しているというライオネルの剛直は、ティファニーの蜜壁が蕩《とろ》けるほどに、奥へ奥へと驚くほど深くまで押し入ってくる。

「あぁっ、…ふ、深い…深いの…ライオネル…ッ、はぁ、あぁあぁんっ…」

切っ先の当たる場所から強い快感が迸《ほとばし》り出て、ティファニーの腰ががくがくと跳ねた。歓喜に打ち震える身体は四肢《しし》の隅々まで痺れ、恍惚《こうこつ》に目眩さえ感じる。

「…あぁあぁあっ…、っ」

たくましいものをうんと締めつけながら、全身を這《は》う快感をあますところなく追っていたティファニーの背後で、ライオネルが劣情《れつじょう》にかすれた声で言う。

「ティファニー。達してるときの顔をよく見せてくれ」

そしてまだひくひくと感じ入っているティファニーの身体を、こともなげにひっくり返した。

「やあぁっ、まだ動かしちゃ…っ」

中で角度が変わり、ぐりっとあらぬところがえぐられて、悲鳴がもれる。

「きゃぁあっ、…だめっ、…ぇっ」

「ティファニー。オレに感じてるいやらしい顔を見せてくれ」

達している最中だというのに、より硬く熱くなった剛直でいっそう激しく穿たれ、ティファニーはその甘くもつらい責め苦に身体をよじらせる。

「…やぁぁぁっ、いっ、いまだめっ、…だめっ、あ、やぁあぁぁぁん…っ」

のたうつ身体の上で、汗ばんだ胸がふるんふるんと上下する。目の前がちかちかと光り、欲望を締めつけたままの下肢が、マグマのようにどろりと熱くうねった。

「だめぇっ、…いま、突いちゃ…ひ、あぁぁあぁ…っ」

「乱れてるおまえの顔、たまんなくみだりがましくてかわいいな」

彼はティファニーの両の足首をつかんで、身体を折りたたむようにして貫いてくる。ぐっちゅぐっちゅと欲望を根元まで突き入れて、内奥《ないおう》の敏感な部分を幾度となく責め立てた。

どくどくという鼓動《こどう》が頭に響く。熱くて気持ちよくてたまらない。

「あ…ぁあっ、やめてっ、…もう無理、無理ぃ…っ」

首をふっていやいやをするものの、ライオネルは荒々しく、けれど的確にティファニーの弱い箇所をねらって、腰を打ちつけてくる。ずしんずしんというその重い衝撃に、腰の奥で弾《はじ》ける官能は、留まるところを知らぬ勢いで、全身を駆け巡るぞわぞわとした愉悦《ゆえつ》をかき立ててきた。

「…やぁぁ達《い》ってる、…わたし、もうずっと達ってるから、あぁぁ…ぁぁあっ」

「ティファニー…ッ」

いっそう激しくのたうつティファニーの下肢の奥で、そのとき唸《うな》るような声とともに、ようやく怒張がびくびくと膨《ふく》らみ、勢いよく爆《は》ぜる。するとティファニーまで、内奥に飛沫《しぶき》のたたきつけられる感触によって、頂を越えさらなる高みへと意識を飛ばされた。

「——っ…、…っ」

「…ティファニー、…ティファニー、大丈夫か？」

深い余韻《よいん》にびくびくと身体を引きつらせるティファニーは、自分を呼ぶ声に、一瞬失った意識をよみがえらせる。

気がつけば、傍《かたわ》らにライオネルが大きな身体を横たえており、腕枕をされていた。しばらく視線をさまよわせたティファニーは、こちらをやさしく見つめる灰色の眼差しに、どきりと胸を弾ませる。しかしその直後、いましがたの行為を思い出すに至って、顔を隠すように、たくましく隆起《りゅうき》した胸板にぴたりとくっつく。

「わ、わたしばっかり、すぐに達しちゃって…」

ごにょごにょとつぶやく小さな頭を、ライオネルはゆるやかになでてきた。

「それでいいんだ。達ってるおまえはすごくかわいくて、淫らで、中は最高に気持ちよくなるし、オレもちゃんと愉しんでるんだから」

「でも…」

「最後は一緒に昇り詰めたろ？」

問いに、こくりとうなずく。「な」と太い声が応じた。

「最初のときにすぐわかった。オレたち、相性がいいんだって」

「ほんと？」

顔を上げると、ライオネルは目を細めてうなずいた。

「出会ったのも、結ばれたのも、運命だ。ティファニー、愛してる」

「わたしもよ。あ、あ、…あぃ…る」

「ん？　なんだ？　聞こえない」

言い慣れない単語を口にするのに、つい小声になってしまったティファニーへ、ライオネルが大げさに訊き返す。

「あ…、あい、してる、…わ」

「なんでとぎれとぎれなんだ？　もう一度、しっかり。名前もつけてくれ」

細かく注文をつけられ、ティファニーは息を調えて覚悟を決める。お腹に力を入れて、ふたたび口を開いた。

「愛してるわ。ライオネル」

「どんな顔で言った？　よく見せてみろ」

「や、やめて…っ」

顎《おとがい》をつまんで持ち上げられ、かぁっ…と、たちまち赤く染まったティファニーの頰に、ライオネルがキスを落としてくる。

「じゃあ、その愛をもっと深めような」

甘くささやくや、彼はくちびるを重ね合わせてきた。

はじめついばむようにやわらかだったそれは、時を追うごとに激しさを増し、やがて吐息すら奪うかのように、情熱的になっていく。

その夜。

体力が尽きることを知らないライオネルによって、ティファニーは一晩中愛され続け、幾度となく、目もくらむような天国に連れていかれたのだった。

エピローグ

「えー？　結婚式を船の上で？」

ジニーがびっくり眼《まなこ》で訊《たず》ねてくるのへ、ティファニーはうなずいた。

「提督《ていとく》が結婚するときにだけ許される特権なんですって。ライオネルの親戚《しんせき》には、そうやって結婚した人が何人かいるそうだけど、とても名誉なことみたいなの」

「海軍さんってさすが、何でも海でやりたがるんですね」

「ちなみにライオネルのお母様は、ご主人と一緒に軍艦で里帰りをしていたら、その途中で産《さん》気《け》づいてしまわれて、そこでライオネルを産んだんですって」

「軍艦の中で？　まるで海軍提督になるために生まれてきたような人ですね」

「ライオネルは十歳になる前に、もう士官候補生として軍艦に乗り込んでいたのよ」

自分のことのように得意な気分で言い、ティファニーは温かいティーカップを両手で包んでほう…とため息をつく。

その前ではジニーが、てきぱきと古書を分野別に選《よ》り分けていた。

ロアンドの隣町にある、彼女の実家の古書店である。それなりに流行《はや》っているというのは本当で、店には客足の途切れることがない。ジニーが新しい店主となってからは、彼女に会うために通ってくる船員もいるらしく、余計に客が増えたのだという。

その時、またもやチリン、と店のドアにつけられたベルが鳴った。新しい客が来たのだ。

そちらを振り向いたティファニーは、ぱっと顔を輝かせる。

「ライオネル…！」

大柄な人影は、店に入ってくるとまっすぐにティファニーのところへやってきた。

「やっぱりここにいたか」

「ちょっともう、あなたに関する惚気《のろけ》ばっかりで聞いてられないんですけど」

からかう口調でジニーに暴露《ばくろ》され、ティファニーはカァッと頬《ほお》を赤らめる。

「そ、…そんなには、言ってないわ…」

「オレだっていまは、家族にも仲間にもティファニーのことを惚気てばっかりいるぞ」

逆に悪びれることなく言い放ち、堂々と胸を張る彼の姿勢に、ジニーはやれやれと首をふった。その目の前で、ライオネルはティファニーの頬にキスをする。

「ティファニー。結婚式のドレスが届いたそうだ。見に行こう」

「本当？　あ、ちょっと待って…」

椅子《いす》から腰を上げようとしたティファニーは、先ほどから目をつけていた本を一冊、手に取った。

「ジニー、これをちょうだい」

その標題を目にして、ライオネルが片眉《かたまゆ》を上げる。

「『自由海論と海事法』？　ずいぶん堅いもの読むんだな」

「ちがうわ。これはオスカーさんへの差し入れよ」

第一王女スカーレットは、すっかり海軍生活に味をしめてしまったらしく、宮廷において復権を果たした後も口実を見つけてはライオネルの艦船に乗り込んでいる。時折この町にも顔を出すため、こうしてめぼしいものをあらかじめ用意しておこうと思ったのだが——

ティファニーの答えに、ライオネルはむぅ、とくちびるを尖《とが》らせた。

「婚約中だぞ。他の男のことなんか考えるな」

「…オスカーさんは男の人じゃないわ」

「オレの目にあいつが女として映《うつ》ったことはない。おまけにあいつはオレ以上に女にもてる。——敵だ」

「そんな…」

不機嫌な言葉に、ティファニーがとまどっていると、わざとらしいジニーの声が響《ひび》く。

「んー、おっほん、おっほん。お二人とも、続きは別のところでやっていただけません？」

はっと我に返り、ひとまず外に出よう、と小銭《こぜに》入れからいくらかを取り出した。しかし。

「いいえ、お嬢様からいただくわけにはいきません。その本は差し上げます」

「そういうわけにはいかないわ」

両手をふってお金を受け取ろうとしない相手に困ってしまう。するとライオネルが、上着の懐《ふところ》から何かを取り出した。

「そうそう、ジニーに土産《みやげ》があるんだ」

そう言って広げた手のひらの上には、真珠《しんじゅ》色の貝殻《かいがら》に、神話の女神をはなやかに彫り出したカメオのブローチが載っていた。隣国の有名な手工芸品である。きれいで高価なブローチを差し出され、ジニーは頰を紅潮《こうちょう》させてそれを受け取った。

「これ、あたしに？　ありがとうございます！　うわぁ…！」

矯《た》めつ眇《すが》めつそれを眺め、彼女は早速胸元で結ばれたショールにそれをつける。

「――…」

ティファニーが物言いたげに見上げると、ライオネルは、はっとしたように返してきた。

「おまえの友人にオレが気を配るのは当たり前だろう」

「よくわかるわ」

「なんか言いたそうだ」

「ジニーにお土産をありがとう」

「おまえだけだぞ。オレの目にはおまえしか入ってないって！」

「おっほん、おぉっほん！　もう本のお代以上のものをいただきましたけど」

さらにわざとらしくなったジニーの咳払《せきばら》いに、二人はおとなしく店を出る。そのまま馬車に乗らず、並んで目抜き通りを進んだ。

二十分もあれば町の端から端まで歩けてしまう、小さな町である。けれど家々の手入れは行き届き、路面の石畳《いしだたみ》もきれいなもの。色とりどりの花が町中を彩る、静かで風情のある町である。

ロアンドの隣にあるこの小さな港町に、ライオネルは屋敷をひとつ買った。けれど、それなりに社交をこなさなければならない提督の居館《きょかん》としては手狭《てぜま》だとのことで、いま新しい家を建てている。

用意した土地の広さから察するに、城と言ってもいい大きさになりそうだ。

「何か希望があったら言え」

建設の計画について語っていたライオネルは、いつもと同じ言葉をくり返した。それに対し、ティファニーも変わらぬ答えを返す。

「特にないわ。何もかも、充分すぎるほどよ」

「とんでもない、こんなんで足りるものか。おまえのために何でもしてやりたいのに、何もほしがってもらえないなんて…」

つまらなそうに嘆く相手に向けて、ティファニーは率直《そっちょく》に言う。

「だってほしいのは、お城の施設でも調度でもないもの」

「じゃあなんだ？」

「わたしに必要なのはライオネルよ。なるべくたくさん帰ってきてくれたら、それが一番うれしいわ」

とたん、彼は足を止め、まじまじとこちらを見つめた。かと思うと突然腕をのばし、さらうように抱きしめてくる。

「だから、そういうたまらんことを言うなって！　オレの心臓を壊す気か！」

ぎゅうっと強くティファニーを抱きしめ、彼は胸から息をしぼり出すようにしてささやいた。

「帰るさ、もちろん。オレの艦船の航路には、どこに行くにも必ずこの町を入れる。入港したら、いの一番にここに戻ってくる」

そしてティファニーのくちびるに、ちゅっとキスをする。ついばむようなキスを幾度かくり返すうち、ティファニーは、ふと思いついた。

「お城にほしいもの、ひとつあったわ」

「なんだ？」

「艀《はしけ》をつけられる桟橋《さんばし》。そうすれば、港を通らなくても、船から直接帰ってこられるでしょう？」

我ながらいい思いつきだと、くすくすと笑う。そうすれば、きっとライオネルも便利だろう。

ねぇ、どう思う?

訊《たず》ねようとした、そのくちびるは。

ふいに情熱的に重ねられてきたくちびるに閉ざされ、しばらく言葉を発することができなくなった。

あとがき

S！　Sはどこに行った！　わたしの大好物なドSは!!

…というわけで、やるやる詐欺《さぎ》に一路邁進《いちろまいしん》中のあまおう紅《べに》です。ごきげんよう。

今回のヒーローは海賊――頭に血が上ると簡単に理性が飛んでしまうケダモノですがSではありません。しょぼーん。

いちおう美女と野獣《やじゅう》的な話を目指しました。でっかい野獣が、華奢《きゃしゃ》なヒロインに気に入られようと右往左往する光景は、あまおう的にはかなりの萌《も》えシチュエーションなのですが、いかがでしたでしょうか。

舞台が船ということで、いろいろと調べ物も多くて勉強になりました。後甲板《こうかんぱん》で致している時に帆柱を利用することが可能か、とかね！（笑）　体力自慢のヒーローならではのあの体勢を、どうしても書きたかったのです！

そんなことを調べる目的で船体構造の図鑑を開いた人間は、有史以来このワタクシくらいではなかろうかという、壮大な物思いにわくわくと胸をふくらませ。結論からいえば、まぁ何とか可能そう。…可能ってことにしよう。細かいことは簀巻《すま》きにしてメインマストのてっぺんから海に放り込め！

そう、理屈なんか気にしたら負けです。乙女《おとめ》系ファンタジー小説とは心で読むものです。決して細かいこと↓なぜ階段に淫具《いんぐ》の入った箱があったのか、など気にしてはいけません！

もちろん都合良くそんなものが、そんなところに落ちているはずがありませんから。きっとライオネルが、「今夜ここでやるぞ！」という強い決意のもとに、あらかじめ置いておいたのでしょう。野獣ヒーロー、けっこう周到だ！

でももっと気になるのは、事後！　そう、事後なのです！

ティファニーを姫抱っこしていた彼が箱まで抱えていけたはずもなく、つまりそれは階段に置きっぱなしになったわけですよ。うっかり見張りの人なんかが発見して中を見て、「うわー。うちの船長、こんなもの使ってるんだ（ごくり）」なんてことになりはしないかと無駄な心配をしてしまいましたです船長！

ついでに言えば、水の入手が困難な船内では、あふれた蜜《みつ》も、それ以外の体液も、場面転換とともに蒸発するものと思ってください！（書きながら気になって気になって…）

あと、初回のHシーンがえらい長いのは、ねらったわけではありません。書くべきことを書いた結果です――とマジメな口調で言うのもなんですが、ようするに『自分のものが立派であると自覚するヒーローが、初めてのヒロインに痛い思いをさせまいと、涙ぐましいまでの努力をする』ということをきちんと描写したら、ああなってしまったのです！　…まぁ努力する前に、相手の同意がないことに気づけって話ですが。

イラストの雷太郎《らいたろう》様。イメージぴったりのカッコいい野獣――もとい海賊ライオネルをありがとうございました！　ティファニーもとても可愛《かわい》く描いていただいて（しかしお胸は大きく！）幸せです！

そしてそして最後になりましたが、書店に並ぶたくさんの作品の中から、この本をお手に取ってくださった皆様、本当にありがとうございました!!

またお会いできますように！

あまおう　紅

※この作品はフィクションです。実在の人物・団体・事件などにはいっさい関係ありません。

シフォン文庫をお買い上げいただき、ありがとうございます。
ご意見・ご感想をお待ちしております。

◆—あて先—◆

〒101-8050　東京都千代田区一ツ橋2-5-10
集英社 シフォン文庫編集部 気付
あまおう紅先生／雷太郎先生

エロティック・オーシャン
純潔を淫らに散らされて

2014年2月9日　第1刷発行　シフォン文庫

著　者　あまおう紅
発行者　鈴木晴彦
発行所　株式会社集英社
〒101-8050 東京都千代田区一ツ橋2-5-10
電話 03-3230-6355（編集部）
03-3230-6393（販売部）
03-3230-6080（読者係）
印刷所　大日本印刷株式会社

※定価はカバーに表示してあります

ISBN 978-4-08-670044-3 C0193

「さぁ子猫ちゃん。かわいい声で鳴いてもらおうか」

イジワル王太子の取り調べ開始♥

あまおう紅《べに》
イラスト／四位広猫
シフォン文庫

ある秘密と決意を胸に、エフィは４年ぶりに王都へ戻ってきた。しかし盗賊と間違えられ、無実の罪で王太子に捕えられてしまう。口を割らないエフィに王太子の甘く淫らな取り調べが始まって…。